오십 즈음____이완의 시간

실패를 떠나보내고 ㄷ

이유진

에세이

오십 즈음 _____ 이완의 시간

행복해지기 위해 노력하는 __________ 님께

오십 즈음 ____ 이완의 시간

실패를 떠나보내고 다시 행복해지기

오십 즈음 _____ 이완의 시간

이유진
에세이

실패를 떠나보내고 다시 행복해지기

도마뱀

머리말

인생의 고비를 넘기고 한숨 돌리자 싶을 때 닥치는 불행은 비현실적이다. 뒤통수를 맞아 얼얼해진 기분으로 비극적 상황을 부인하다가, 일순간 삶의 부조리에 무릎을 꿇고 긍정적이며 적극적인 삶에 대한 의지를 놓친다. 그때 상상했다. 인생에 예고편이 있다면, 나의 선택이 결과할 내일을 알고 나를 둘러싼 세계의 미래를 인지한다면, 갖은 불운을 피해 행복해질 수 있을까?

코로나19로 많은 이들이 힘든 시절을 보내는 와중에 우리 집에도 불행이 닥쳤다. 다시 한번 우리 가족은 경제적 위기에 내몰렸고, 내심 불안하게 상황을 살피던 나는 결국 올 게 왔다는 심정으로 깊이 낙담했다. 고민해 봤자 당장 형편이 달라지지 않을 것임을 알면서도, 마음을 끓이다가 결국 몸에 탈이 나서 여러 병원을 전전했다.

그때 만난 한 의사가 마음에 남는 처방을 주었다. 신체 중 면역을 관장하는 대장 건강은 유익균과 유해균이 균형을 이루어야 가능한데, 즐거운 감정은 유익균을 키우고 스트레스는 유해균을 배양하니 유산균 복용만큼 중요한 행복감을 자주 품으라는 말씀이었다.

즈음 우연히 듣게 된 TED 강연도 비슷한 메시지였다. 강연자는 여러 실험 결과를 들며, 사람들의 마음은 부정적인 시그널에 더 쉽게 붙들린다고 말했다. 예로 든 실험은 다음과 같았다.

새로운 수술 절차를 상정하고 무작위로 나눈 두 그룹 중 A그룹에게는 "70퍼센트의 성공률"이라 말하고 B그룹에겐 "30퍼센트의 실패율"이라고 전하면, 사실상 동일한 수술 절차임에도 불구하고 (당연하게도) A그룹만 이를 긍정한단다. 그런데 A그룹에게 표현을 달리하여 그 수술 절차가 "30퍼센트의 실패율"을 갖는다고 말하면 A그룹 또한 새로운 수술 절차를 좋아하지 않게 된다고 한다.

더 놀라운 점은 B그룹에게 새로운 수술 절차가 갖는 "30퍼센트의 실패율"이 곧 "70퍼센트의 성공률"이라는 긍정적 시그널을 표해도 처음의 생각을 거두지 않는다는 거였다. 이외 여러 실험을 통해 사람의 마음이 불행에 쉽사리 붙들리는 것을 증명한 이 사회심리학자는 긍정적으로 생각하며 행복해지기 위해선 결국 의지적인 노력과 훈련이 필요하다며, 감사하는 태도를 습관화하라고 말했다.

이로써 인생 예고편에 대한 망상은 '미래를 알게 된다 한들 스스로의 마음 습관이 바뀌지 않는 한, 겪을 불행은 겪을 수밖에 없다.'로 매듭지어졌다. 미래적 상황이 아니라, 그것을 받아들이는 내 마음 습관에 따라 행과 불행의 무게가 달라질 거란 생각에서다. 그러니 매일 감사함으로써 스스로의 삶을 지키는 유익한 균을 배양하기로 마음먹었다.

이 책에 실린 글은 회사 안식월을 계기로 가족과의 한 달간 이별을 작정하고 떠났을 때 만난 이야기들이다. 개인적으로 당시는 지금보다 더 나쁜 상황이었고, 또래보다 덜 큰 어른이었다.

직장 맘으로 눈코 뜰 새 없는 세월이 길어진 나는 많은 인생 숙제 앞에서 전전긍긍하다가 번아웃을 겪었고, 가족의 요구가 들끓는 집을 떠나 온전히 나를 부려놓을 시공간을 찾아야 했다. 마침내 일상과 단절된 멀고 긴 여행을 실행함으로써 해방과 이완의 시간을 가질 수 있었다.

그 시간은 나를 끌어온, 혹은 내가 끌어 갈 생(生)을 멀찍이서 바라볼 기회를 주었다. 전지적 관찰자의 시점이랄까. 면면에 도드라진 불행이 보였지만, 삶에 대한 따뜻한 마음을 되찾음으로써 삶에 대한 감사를 떠올릴 수 있었다. 그 시간을 통과하면서 좋았던 자신을 회복했고, 좀 더 단단해진 채 코로나 시절을 지나게 된 점은 결과적으로 무척 다행한 일이다.

이 책을 준비하며 여행을 복기(復棋)할 때, 당시 마음먹었던 삶의 자세를 견지하고 있는지 돌아보았다. 모든 게 완벽하진 않았고, 인류 역사가 늘 진보를 약속하지 않듯 개인의 삶도 그때보다 나아졌다고 볼 수 없었다. 다만 인생은 반성과 모색으로 좀 더 나은 삶을 꾀하게 만드는 선생이어서, 진보와 후퇴를 거듭해도 언젠가 더 나은 내가 되어 있을 거라는 생각에는 변함이 없다. 그러므로 뚜벅뚜벅, 이 삶을 다 걸어야 한다.

부족한 글이지만 세상에 내놓을 용기를 주신 하나님께 감사하고, 훌륭한 그릇에 담아 부족을 메운 도마뱀출판사와 박은정 시인께 감사하며, 내 세계에서 주연급으로 등장하는 가족과 친지 및 친구들에게 감사한다. 마지막으로 이 책의 종착지까지 함께 여행할 독자 여러분께 참으로 감사드린다.

빛나는 유월,
정릉골에서

차 례

LA TI MAJKO ZA SVE
OZI MI I DALJE
ZORA F.

POMOZI I DALJE MENI
I MOJOJ OBITELJI.
1975 Š. MARIJA

30. 9. 1972.

HVALA TI M
1975 MAR

VALA TI MAJKO BOŽJA
OMOZI NAM I DALJE
OBITELJ VODENIĆAR

HVALA TI MAJKO NA
POMOĆI KROZ 50 GOD.
BRAKA J. L.

MAJKO HVALA
ZAHVALNI 7
ŽENKA I BRAN

AJKO HVALA TI POMOZI
DALJE MENI I MOJIMA
O KRAJA
VILMA R.

MAJČICE MILIJUN PUTA TI
HVALA ŠTO SI MI OZDRA-
VILA SINA
K. J.

HVALA
MAJ
O

AJKO HVALA NA PO-
OĆI, POMOZI MENI I
MOM SINU DALJE
74. S. TRESKAVEC

HVALA TI MAJČICE ŠTO
SI MI POMOGLA, POMOZI
I DALJE
74 V. G.

MAJKO
HVALA
L. V.

HVA
MAJ
V.

AHVALJUJEM SV.
NTUNU NA POMOĆI
1975 OB. BILANOVIĆ

MAJKO HVALA TI
POMOZI NAM I DALJE
P. V.

MAJKO HVALA N
OZDRAVLJENJU
13. XII 1974. G.

VALA TI GOSPE ŠTO SI USLIŠALA MOLITVU
MOJIH RODITELJA ZA OZDRAVLJENJE
DUŠAN JAKŠA SPLIT

MAJKO HVALA T
POMOZI NAM I
DALJE C. B.

AJKO BOŽJA HVALA TI ŠTO SI
AŠLA PUT MOJOJ SREĆI, PRATI
E I DALJE U DALEKOJ AUSTRA-
JI VESNA ŠELICA

HVALA TI MAJČICE ŠTO SI M
OZDRAVILA I ČUVALA
MARIJA LAZAREVIĆ
1975 AUSTRALIJA

HVALA
-73 BUBA I PETAR

MAJČICE HVALA
TI V. B.

MAJČICE HVALA
H. M.

HVAL
VAM

VALA TI MAJKO
F. M.

MAJKO HVALA
J. A. I. J.

MAJKO HVALA TI
K. M.

HVALA
M. P.

VALA TI MAJKO
OMOZI I DALJE
1974 G. V. M.

GOSPO S KAMENITIH
VRATA HVALA TI
9. 74. M. Š.

HVALA TI MAJČIC
NA POMOĆI
ŠTEFICA ZDILA

VJEČNA HVALA
AJKO POMOZI
O. M.

MAJKO BOŽJA KAMENITIH
VRATA POMOZI MI
1974 IVANKA

MAJKO
ZAHVALJUJE T
VLADISLAV

AJKO BRZE POMOĆI
HVALA TI
1974 M. M.

MAJKO HVALA TI ŠTO
SI MI SPASILA SINA
D. J.

HVALA TI
MAJKO
ŽELJKO

. ANTUNE VJEČNA TI HVALA
ZA SPAS ŽIVOTA MOJE MILE

DRAGA MAJČICE I SV. ANTON
HVALA, POMOZITE NAM

위험한 행로

출발 전 ✻ 서울

불행은 때를 가리지 않는다

몸에 이상이 생겼다.

남편의 사업이 기울고 어렵게 장만한 아파트를 급히 되팔던 그해, 어지럼증이 발병했다.

쟁쟁거리는 매미 소리 때문이었을까. 고향 초등학교 운동장 정문께 우람한 단풍나무 아래에 어린 친구들이 왁자지껄 모여 있었다. 프로펠러처럼 생긴 열매를 누가 더 멀리 날려 보낼지 내기 중이었다. 마침 차례가 된 내 미니비행기는 파란 하늘을 한참이나 곡예하고도 떨어질 요량이 없었다. 내리꽂는 햇살에 잠깐 눈을 감았다

다시 떴다 싶을 때, 꿈속 비행기는 온데간데없고 안방 천장이 뱅글 뱅글 돌고 있었다.

직장 생활을 다시 시작한 지 반년이 지난 어느 아침에 생긴 어지럼증으로, 오른쪽 왼쪽 갈지자를 그어대며 집 근처 이비인후과를 찾았다. 평형추 역할을 하는 귀의 돌이 빠졌다 했다.

이석증 치료를 위해 간이침대로 옮겨졌고, 앞이 제대로 보이지 않는 고글 따위를 둘러썼다. 내 몸은 주술사 앞에서 옴짝달싹 못 하는 사육제 희생물처럼, 몇 차례 뒤로 넘어뜨리면 그러는 대로 의사의 손에 내맡겨졌다.

교정 치료만으로 몸의 중심을 잡게 된 건 무척 다행한 일이었다. 다만 바닥을 헛디디는 듯한 기분과 개운치 않은 울렁증은 2~3주의 시간이 흐른 뒤에야 가셨다. 그보다 더욱 곤란한 점은 해가 갈수록 이석증이 잦아진다는 거였다.

이석증은 엎친 데 덮친 격으로 찾아온, 초대하지 않은 손님이었다. 불쑥불쑥 찾아드는 이석증은 질주하던 삶의 맥을 끊기 일쑤였고, 그때마다 손가락으로 나이를 셈해 보았다. 갱년기가 코앞이었다.

내과와 한의원을 번차례로 찾았다. 한결같이 번아웃을 진단하며 잘 먹고 잘 자면 낫는다고 했다. 하지만 어지럼증과 함께 생긴 불면증으로 밤조차 호락호락하지 않았다. 눈을 감으면 밤바다 집어등이 켜지듯 머릿속이 환해지고, 빛으로 달려드는 물고기처럼 천둥벌거숭이 같은 아이들 걱정에 소소한 집안 사정까지 몰려왔다.

나의 생활은 간신히 이 칸을 집어넣으면 다른 칸이 튀어나오는, 뒤죽박죽 이가 잘 맞지 않는 서랍장 같았다. 대출 이자 납기는 도마뱀 꼬리 자르기 식으로 달마다 성급하게 돌아왔다. 컴퓨터에 처박힌 이력서를 복구하고 간신히 취업하고 보니, 초등학교에 입학하는 쌍둥이를 저녁 늦게까지 돌봐줄 데가 마땅치 않았다.

천운으로(!) 학교 앞 지역아동센터에 결원이 생겨 아이들을 맡겼더니, 기다렸다는 듯 회사일이 쏟아졌다. 1년 내내 넘쳐나는 일감에 책상은 늘 북새통이었고, 마감에 쫓겨 하루하루를 지내다 보면 어느새 계절이 바뀌어 있었다. 자정 무렵 사무실을 나서는 일도 다반사여서, 밤의 사막 한가운데에서 발목을 휘감는 모래를 빠져나가려 안간힘을 쓰듯 아득하고 무거운 날이 이어졌다.

'아무것도 이룬 것이 없다.'

온힘을 다해 달렸건만 결국 비루한 삶이라니, 제정신일 리 없다. 어디서부터, 무엇이 잘못된 걸까. 갑작스레 닥친 집안의 경제적 위기, 때 이른 갱년기로 인한 우울감, 이석증의 발병…. 이 모든 것이 지금껏 살아온 방식을 부정할 때 이후 삶은 어떠해야 할까?

어느 날 거울에서 나의 퇴적한 삶을 목격했다. 바야흐로 반백살을 향하는 동안 귀밑 흰머리가 뭉텅 자랐고 초롱했던 눈은 시들해졌으며 입가 팔자 주름이 깊었다. 달력을 넘기듯 하루하루 되는대로 살다 보면 언젠가 나는 아무런 흔적 없이 사라질지 몰라!

이석증은 제 몸을 아끼라는 신의 메시지였다. 신이 주신 몸을 함부로 대하지 말고 완급을 조절하며 살라는 신의 계시 말이다. 나를 위한 시간이 절실했다.

반전의 나날

"한 달이나 여행을 떠난다고요? 애들은 어쩌려고요?"

"가족들이 괜찮다 하세요?"

안식 휴가를 염두에 두고 수개월 전 회사 일을 조율할 때, 동료들은 하나같이 걱정을 앞세웠다. 나로선 완전한 휴식을 결심한 후여서 모든 게 일사천리였지만 말이다. 옴팡지게 휴가를 그러모아 약 한 달간 혼자 떠나는 여행을 계획했고, 이를 선포하듯 말했다. 가족들은 나의 위태한 호흡을 알고 있었다는 듯이 다가올 이별을 순순히 받아들였다.

틈을 갖기로 마음먹은 것만으로도 삶의 결이 달라졌다. 짬짬이 여행 일정을 짜고 비행기 티켓을 끊은 후 호텔을 예약했으며 현지 교통편과 지역 정보까지 두루 알아봤다. 코르셋처럼 꽉 조였던 일상의 후크 하나를 풀었을 뿐인데, 콩나물시루 같던 출근길마저 여유롭게 여겨졌다.

꿈꾸던 시간을 앞두고, 이곳에 남겨질 사람들을 염려하며 다시금 일상의 틈을 조이고 조율하던 즈음이었다. 들숨날숨 균형을 놓쳤으니 신이 보낸 반갑잖은 손님이 도착하는 건 시간 문제였을까. 이번엔 거센 풍랑에 배가 뒤집히는 듯 구토를 동반한 어지럼증이 발병했다.

하필 오래 계획한 나만의 시간을 앞두고 이런 일이…. 속절없이 나이 듦을 한탄하고 신을 원망하며 달력을 뒤적였다. 한 달 남짓, 그것도 나 홀로 자유여행을 계획했는데 이 일을 어쩐다?

구태의연한 아이들 걱정도 기습했다. 아직 엄마 젖무덤을 만지작거리다 잠드는 쌍둥이. 내가 없는 가족의 일상을 꾸린다는 건 역시 불가능한 일일까.

D-Day 7일 전, 출발일에 그려진 동그라미가 눈앞에서 뱅그르르 돌았다. 엄마의 부재를 원망하듯 때마침 쌍둥이는 감기를 된통 앓고 있었다.

"이번에는 토하기까지 했어요."

"죽을병은 아니니 너무 염려 마세요. 빨리 호전되었잖아요."

어지럼증 전문 병원의 의사가 말했다.

"그럼 여행은 가능할까요? 터키를 경유하여 크로아티아까지, 첫날 14시간 비행이 마음에 걸려요."

"저런. 기압 때문에 재발할 수 있어요. 장거리 비행은 무리실 텐데…."

사형 선고는 면했으나, 입원 치료 후 여행을 떠나라니 가당찮다. 이석 교정과 도수 치료를 겸해 매일같이 통원 치료를 받기로 하고 병원을 나섰다.

빵, 빠앙! 자동차와 버스 경적이 뒤엉키는 대로 옆, 종종걸음으로 다가왔다 흩어지는 사람들의 물결이 거칠었다. 비틀비틀 약국으로 걸어갈 때 의도치 않게 떨어졌을 가을 잎이 발아래에서 바스라졌다. 봄에 품었던 내 꿈도 저 낙엽마냥 뭉개지는 걸까.

그때 핸드폰이 울렸다. 회사에서 보낸 문자였다. 가슴에서 다시 사막의 모래바람이 일었다.

안전지대를 꿈꾸며

"환불 수수료를 물어야 한다고요?"

수화기 너머 항공사에 병명을 또록또록 밝혔다. 마치 테러범이 인질극을 경고하듯, 비행 시 발발할지도 모를 증상에 대해 위험천만하다 전했다. 그럼에도 불구하고 비행기 발권 취소에 따른 항공사의 답변은 다음 날로 미뤄졌다.

"손님, 어지럼증이 심하신가 봐요?"

한숨을 답으로 들은 택시 기사는 이내 장광설을 늘어놓았다. 여차저차 택시 기사로 지내다 어느덧 70세, 막내 여동생이 암에 걸려 먼저 저세상으로 떠났다는 게 1절이었다. 그제야 악다구니 쓰며 살 게 아니다 싶어 가족과 함께 여행 다니다 보니 택시 안 구설수에 오르는 세상보다 훨씬 살 만하더라는 게 2절. 그러므로 여행하며 쉬엄쉬엄 살라는 게 나머지 이야기였다.

여행을 위해 건강하라는 건지 건강하니 여행도 하더라는 건지, 가뜩이나 어지럼증으로 부대끼는 형편이라 어떤 조언도 곧이곧

대로 들리지 않았다. 게다가 행선지인 한의원은 추석 대목을 맞은 재래시장 한복판에 위치하고 있어 교통 체증이 심한 곳이었고, 왕수다 택시맨이야말로 진짜 인질범 같았다.

"소화불량에 기혈이 어쩌고저쩌고…. 이 몸으로 어딜 간다고?"

이번엔 한의사 친구의 지청구가 한창이다. 그리고 막힌 혈을 뚫기 위해 내리꽂히는 침을 느낄 때마다, 내 오랜 꿈은 바람 빠지는 풍선처럼 서서히 쪼그라들었다.

병실 침대의 커튼이 닫히고, 머리 사방에 침을 꽂은 나는 한차례 소동을 지우듯 눈을 감았다. 한의원으로 오던 길에 보았던 수유시장의 유난히 펄떡이던 풍경이 펼쳐졌다. 어깨를 부딪고도 급히 지나던 사람들은 평상시보다 수북한 좌판을 따져 보느라 정신이 없었다. 그곳에는 때깔 좋은 사과와 배와 감이며, 비늘 쨍쨍하던 참조기와 병어와 민어 등이 사람만큼 북적대고 있었다.

혼자의 시간을 꿈꾸느라 때를 따지지 못했다. 명절을 앞두고 차례상을 준비하는 사람들, 대목 납품을 맞추고 고향 갈 생각에 들뜬 사람들. 축제에 상기된 이들 틈에서 홀로 여행에 달뜬 아줌마라니, 제멋대로 사연을 만들어 쑥덕대는 동료를 나무랄 일도 아니다. 그런 시선 따위 상관없다 싶었으나, 아프고 보니 죄다 맥없어졌다.

그래도, 그래도…. 이대로 여행을 포기하면 다시는 길을 나서지 못할 것 같다. 병에 사로잡히고 아내와 엄마와 며느리라는 역할 그물에 걸려 우물쭈물하다, 좌판 늘어진 생선 신세가 되겠지.

아아, 이 얼마나 위험한 행로인가! 그에 비하면 이번 비행은 더없이 안전지대로 향할 것만 같다.

비로소 마음이 편안해졌다.

하얀 돌을 찾아서

출발 ✳ 인천공항

한 달간 이별

"엄마, 사촌 형들은 할머니 댁에 도착했대."

쌍둥이가 침대에 붙박인 엄마에게 체중을 실었다. 실눈으로 천천히 어둠을 벗겨 내자 천장이 제자리. 출국 당일이었다. 어지럼증이 가셔서 안도했지만, 한편으로는 조류에 떠밀려 어느새 바다로 나선 배처럼 낭패감에 흔들렸다.

긴 여행을 앞두고 이석증이 재발한 이래 한 손에는 신경안정제를, 다른 손에는 진단서를 쥐고 떠날지 말지를 끊임없이 저울질했다. 부지런히 한의원에 다니며 침을 맞고 공진단과 청심환까지 챙겼으니 아무래도 저울은 떠나는 쪽으로 기운 게 분명했다. 하지만 막상 떠날 시간이 닥치고 보니 무게중심이 재차 흔들렸다. 아이들의 짓까부는 소리며 대수롭지 않다는 듯 튕기는 남편의 기타 소리며 밥 익는 냄새까지 일상을 누리고 싶다…라니, 도무지 내 마음을 모르겠다.

"엄마, 점심 먹으러 할머니 댁에 얼른 건너오래요."

D-Day는 명절 전날, 시댁 식구들이 시부모님 댁에 모인 이유였다. 순간, 어지럼증이 재발한 이래 오작동을 거듭하던 시계가 재깍재깍 움직였다. 널브러진 빨래 더미와 개수대에 쌓인 그릇들을 치우고 환절기에 입을 가족의 옷가지를 정리한 후 한 달 여행의 동반자가 될 캐리어를 챙겼다.

연중 따뜻한 지중해성기후의 크로아티아에서 발트해에 면해 있는 폴란드까지 북상할 계획이어서, 영상 20도에서 영하까지 널뛰는 날씨에 대비해야 했다. 그렇다고 4계절 옷을 이고 지고 다닐 수 없으니, 평상복 4벌 외 얇은 패딩 2벌과 야상 점퍼 1벌을 압축 팩에 넣었다.

세안 제품과 화장품, 멀티 어댑터도 잊지 않았고, 양약과 한약은 물론 홍삼환, 홍삼젤리, 비타민제, 감기약, 설사약, 근육통 패치, 배드 버그 퇴치용 스프레이까지 집어넣었다. 패기의 젊은 여행자 시절엔 한 달 여행에 40리터 백팩이면 충분했는데, 나이만큼 늘어난 잡동사니로 달그락거릴 틈조차 없는 캐리어에 책과 신라면과 햇반까지 쑤셔 넣느라 진땀이 났다.

"엄마, 꼭 가야 해? 안 가면 안 돼?"

"음, 혼자 지내며 책 읽고 생각할 게 많아서…."

"우리 집에도 책은 많잖아. 집에서 책 읽고 생각하면 안 돼? 내 책도 빌려줄게."

서둘러 집안 단속을 마치고 시댁으로 향하는 차에 캐리어를 실을 때, 작은아이가 이별에 서툰 눈빛을 보냈다. 궁색하게 답하는 엄마에게조차 다정한 아이. 그 시선을 피해 창밖을 봤다. 때마침 풍경은 내 마음처럼 여름과 가을의 경계를 오락가락하고 있었다.

"올해에도 전은 다섯 종류네요?"

"야채꼬치는 아들들이 잘 먹고, 고구마전은 며느리들이 좋아하고, 새우전이랑 생선전은 아버님이 잘 자시고, 동그랑땡은 손주들이 잘 먹응께. 그나저나 너는 얼른 공항 가거라."

비행기 표를 예약하기 전 일찌감치 집안 어른들께 안식 휴가를 허락받았다. 한 살이라도 젊을 때 많이 다니라며 여행을 지지해 준 시어머니의 "가끔 애들 봐주러 들르겠다."는 말씀이 일사천리 계획의 액셀러레이터가 됐다.

시어머니는 스무 살에 시집와서 내리 아들만 낳았다. 외동아들 기죽이는 딸 다섯을 낳았다며 모질게 시집살이했던 친정 엄마가 들었다면 의아해할 노릇이지만, 이전 세대의 시집살이는 통과의례였던 양 시어머니도 평탄치 않은 결혼 생활을 지냈다. 그 세월 동안 맘 편히 떠나지 못한 당신은 며느리의 여행을 응원해 주었다.

시어머니는 베란다에서 꾸덕한 생선을 거두며 콧노래를 부르셨다. 차례상 준비가 얼추 끝날 무렵이었다. 웬만하면 시어머니의 뒤를 좇겠지만, 이날만큼은 외면했다. 늦은 밤 11시에 날아오를 비행기 시간에 맞추자면, 시어머니가 등을 떠밀 때 문턱을 나서는 게 마땅했다.

차가운 저녁이 얼굴을 쓰다듬을 새도 없이 남편의 차는 공항버스를 앞질렀다. 여러 할 말을 참고 캐리어를 리무진 짐칸으로 옮기느라 숨도 참던 남편은 쌩하니 동쪽으로 떠났다. 이번만큼은 꿈꾸던 시공간으로 연착륙 없이 떠나길 바라던 나도 서쪽행 리무진에 올랐다. 부부는 각자 삶이 무사하길 바라며 한 달간 이별했다.

하얀 돌을 찾아서

"과장 보도였나 봐요."

황금연휴를 맞아 출국하려는 사람들로 인산인해라던 인천공항은 그때만큼은 한물간 스타의 콘서트홀마냥 사람이 드문드문했다. 사상 초유의 인파로 출국 수속이 지연된다던 뉴스를 곧이곧대로 믿고 비행기 출발 시간보다 대략 5시간을 이르게 도착한 사람은 나와 방송을 탓하던 아가씨 외 한 명이 더 있었다.

"경유 편이 많은 항공사여서 짐을 분실하는 사고도 잦대요."

카카오 프렌즈로 도배된 두 아가씨의 캐리어에서 네임 태그조차 달지 않은 내 캐리어로 시선을 옮겼다. 세게 미아가 되어도 이상하지 않을, 아무 이력 없이 매끈한 새 캐리어다.

“오버부킹으로 유명하던데, 기내에 한국인 승무원까지 없다니 문제가 생기면 큰일이겠어요.”

그녀가 샅샅이 뒤진 여행 정보를 흘릴 때마다 점점 불안해졌다. 입지도 않을 옷값을 선불하는 느낌이라니, 살다 보면 모르는 게 약인 경우가 많다.

터키 항공사 직원들이 나타났다. 캐리어를 보내고 나면 환전하고 여행자보험도 챙기고, 책도 한두 권 더 사고 예약해 둔 유럽 통신사 유심카드도 찾아야 했다. 머릿속으로 출발 전 로드맵을 숱하게 재생했지만, 창구 전광판은 묵묵부답이었다.

“역시 외국 항공사답네. 승객이 떼거지로 몰리고 출국 수속 창구까지 엄청 붐빈다는데, 오픈 시간을 칼같이 지킬 건 뭐람.”

짐을 부치자마자 공항 라운지로 향하겠다며 PP(Priority Pass) 카드를 꺼내 든, 젊고 아는 것 많은 여행자는 걱정도 많았다.

그 무렵 요의를 느낀 세 사람은 돌아가며 화장실에 다녀오기로 했다. 홀로 여행을 하다 보면 짐 때문에 오도 가도 못할 상황이 종종 생기겠지만, 당장은 편안히 볼일을 봤다.

창구는 꿈쩍하지 않는데, 대단한 먹잇감을 좇는 이리 떼 소굴처럼 더 많은 여행객이 꼬여들었다. 한 줄로 정렬한 선두의 세 사람, 그중 걱정 많던 아가씨가 맨 앞을 차지했다. 캐리어 여기저기 떼다만 화물 송장을 훈장처럼 바라보던 그녀에게 물었다.

"여행을 자주 다니시나 봐요?"

"네. 세계 여행이 취미인걸요. 이번 휴가 때에 맞춰 일찌감치 이탈리아행 티켓을 준비했는데…. 이렇게 불친절한 줄 알았더라면 국내 항공사를 이용할 걸 그랬어요."

조만간 대기한 지 2시간이 될 터였다. 먼저 오라 연락한 적 없는 터키 항공사로선 억울한 노릇이겠지만, 아가씨의 말을 반박하기엔 내 종아리도 무척 저렸다.

"크로아티아행이라면, 어느 도시로 입국하세요?"

이번엔 내 뒤쪽에 선 아가씨에게 물었다.

"자그레브로 들어가요. 7박 8일의 짧은 일정이거든요."

"그렇군요. 저는 두브로브니크로 들어가요. 안식 휴가 삼아 홀로 떠나는 여행인데, 쌍둥이 아들들을 남편에게 맡겨 놓고 잘하는 짓인지 모르겠어요."

"아이들은 평생 볼 텐데 뭘 그러세요. 마음껏 누리세요!"

엄마의 여행을 이리 두둔해 주다니, 공항에서 만난 사람끼리 나누는 대화의 통속성을 벗어나고 싶었다.

"특별히 챙기는 여행 아이템이 있으세요?"

"전 책을 꼭 챙겨요. 이번엔 이 책, 표지가 맘에 들어서요."

일전에 가족에게 홀로 떠날 여행을 설득하며 '여행하는 책'을 기획하는 중이라 했었다. 여행 중 만난 사람에게 책을 선물하고 그 사람이 다른 여행자에게 그 책을 전달함으로써 맺어진 여행자들의 이야기를 새로운 책으로 엮겠다는 프로젝트였다.

세상 많은 이들이 한 권으로 연결되는 여행 이야기라니 근사하지 않냐 흥분하던 나와 달리 가족들은 시큰둥해했고, 핑계가 가관이라던 친구는 외국인 여행자와의 소통을 위해 영서(英書)를 추천하곤 깔깔거렸다. 물론 무게를 감당치 못할까 봐 읽을 책도 이것저것 따져 골라 넣은지라, '여행하는 책' 기획은 끝내 준비하지 못했지만.

아무튼 그 첫 번째 인연이었을지 모를 여행자가 꺼낸 책 표지에는 고흐의 〈꽃 피는 아몬드 나무〉가 흐드러지게 꽃을 피우고 있다. 그런데 거기 '천재 뇌신경과학자가 알려 주는 사랑을 지키는 법'이란 활자는 생뚱맞아 보였다.

"연애 방법론…인가요?"

"후훗, 사랑에 관한 과학자의 분석론이래요."

사랑을 해부할 수 있다니 어불성설이다 싶기도 하고, 취향이 이리 달라서야 어떤 책을 여행시켜야 할지 더 모르겠다 싶다. 공연한 짓일랑 접길 잘했다.

"드디어 시작이에요!"

정각 20시, 붉은 줄이 걷히고 아가씨들 것과 나의 캐리어가 미지의 괴물이 내미는 시커먼 혓바닥 같은 컨베이어벨트 속으로 서서히 모습을 감추었다. 그리고 라운지를 체험하러 가겠다는 아가씨와 로밍하러 가는 아가씨와 모두 헤어진 나는, 진짜 혼자가 되었다.

"막내는 비행기 띄우는 회사에 취직하면 좋겄다. 엄마 늘그막에 호강하구로."

지방 소도시 이 집 저 집 밥그릇 개수도 알 만큼 작은 동네에서 이웃 언니가 항공사 승무원이 된 후 가족 할인인지 뭔지로 제 부모를 종종 여행 보내던 게 대통령 바뀌는 것보다 이슈였던 때, 친정 엄마의 소원이 떠올랐다. 가족에게 붙들린 엄마가 되고 보면 어디로든 자유롭게 날아가고픈 걸까.

그때에 비하면 수월해진 비행기 여행. 이탈리아행 친구는 휴가를 다녀와 퇴사하고픈 마음을 접겠다 했고, 자그레브행 친구는 일상의 권태를 벗을 겸 여행을 택했다 했다. 과연 나는 마음먹은 대로, 여행하는 사이 이후 삶에 대한 답을 구할 수 있을까?

출국 수속을 마치고 까만 밤을 달릴 비행기에 오르다, 닫히면 그만인 문인 줄 알고 내달렸던 하루를 돌아봤다. 삶이란 이쪽으로나 저쪽으로나 열려 있는 것을, 이 길이 아니다 싶으면 돌아서면 될 것을, 내가 바라보는 그쪽이 출구인 것을…. 바깥 소란에 한눈파느라 내 안의 나침판에는 까막눈이었다.

하루 종일 오락가락 헤매던 나는 이번에야말로 경계를 넘어 한참이나 낯설어진 혼자의 시간으로 발을 내딛기로 작정했다. 이 길은 앞으로 나아가는 방향이 아닐지 모른다. 헨젤과 그레텔이 숲속에 놓아둔 흰 조약돌처럼, 잊고 지냈던 무언가를 그러모아 집으로 돌아가는 길일지도 모르지.

야간 비행에 떠오른 썩 좋은 예감이었다.

늦되어도 언제나 길을 가고 있다

크로아티아 ✳ 두브로브니크 1일

낯설고 기이한 세계

착륙 안내 방송 후 기내는 다국적어가 뒤엉키며 요란해졌다. 그때 기내식 한 번 들지 않은 채 수면 안대 차림이던 옆자리 승객이 주춤주춤 몸을 일으켰다. 한국인 목사인 그는 마르틴 루터의 종교개혁 500주년 기념 학회 때문에 터키를 경유해 드레스덴으로 가는 길이라고 했다.

"긴장하셨나 봐요."

그의 지적대로 이번에는 비행 불안증을 겪었다.

어지럼증이 도질까 봐 약봉지를 쥐었지만 뜯지 않았다. 과한 술에 블랙아웃되듯 정신이 동강나는 게 께름칙했고, 깨어나면 머리

가득 벌 때 붕붕대는 느낌이 싫어 자발적 불면을 택했다.

기내 영화를 훑다가, 이 영화 남자 주인공이 저 영화 여자 주인공과 엎치락뒤치락 줄거리가 엉킨다 싶으면 눈을 감았다. 난기류로 기체가 요동치면, 3,600피트 고도에서 안전 탈출한다고 살 수 있을까 하며 심장이 제멋대로 펄떡이는 통에 번쩍 눈을 떴다.

숫제 현실을 지켜보는 게 낫겠다 싶어 창문을 열자, 먹빛 하늘 깊숙하게 찔러 넣은 비행기 날개가 적색 불빛을 깜빡이며 안녕을 고했다. 평안이 무르익어 다시 잠을 청했을 땐, 옆자리 목사님의 코 고는 소리가 어지간했다.

하는 수 없이 기내식과 간식을 부지런히 받아먹고 화장실에 들락날락거렸다. 그러는 사이 약국 이름 다 지워진 약봉지가 옆좌석의 발치에 떨어져 버렸고, 아무것도 모르는 채 기지개를 펴던 목사님은 그걸 아예 뭉개버렸다. 그럼에도 할렐루야, 하강하느라 죄다 열린 창문으로 햇빛이 마구잡이로 할퀴어댈 즈음 비행 불안증과의 전반전이 용케 끝났다.

전 세계 가장 많은 기항지를 두고 있다는, 터키 항공사의 안방 격인 이스탄불 공항에 내렸다. 이제 숱한 지구인 사이에서 눈을 희번덕이며, 경유 수속을 밟기 위해 국제선 출국 라인을 바짝 뒤쫓을 차례다. 정작 떠나고 보니 국제 미아가 될지 모른다고 염려할 대상은 캐리어가 아닌 나 자신이었기 때문이다.

바깥 풍경을 볼 창도 없이 몽롱함만 더해져 더없이 낯설고 기이한 세계, 그곳에서 두브로브니크로 향하는 비행기는 다섯 시간 후 출발한댔다. 경유 탑승구까지 알고 나니, 노잣돈을 노리던 날강도가 덮치듯 졸음이 쏟아졌다. 근처 카페에 구석진 빈자리가 생겨, 아무렇게나 주문한 후 널브러진 짐짝처럼 곤드레만드레 잠에 빠졌다.

밤낮이 분별되지 않는 시간, 대형 우주선으로 낯선 행성을 향하고 있다. 덩치 큰 외계인들이 좀체 알아들을 수 없는 행성어를 남발하는 동안 지구 난쟁이는 구름 의자에서 달콤한 천상의 술에 취해 있다. 여기가 어딘지, 몇 시 몇 분인지 내 알 바 아니다.

그때 누군가가 확성기를 귓전에 대고 소리쳤다.

"Wake up, wake up!"

화들짝 깨어 보니 경유 비행기 오를 시간에 맞춘 알람이 요란했다. 만석이 된 카페에서 나를 바라보던 시선은커녕 흔들어 깨운 사람도 없건만, 얼굴이 벌게지도록 달렸다. 이번엔 느지막이 오픈하는 터키 항공사여서 안도했다.

다시 두어 시간 비행. 기내 불안증과의 후반전은 부전승이라고 해야 할까, 불안증도 기웃댈 틈없이 두브로브니크에 착륙한다는 기내 방송을 맞았다. 지구 저 끝에서 풍파를 겪고 이 생(生)에 올 수 있겠나 싶던 도시와 첫 키스를 앞두고 있다고 생각하니, 감개가 무량했다.

익숙한 세계

이른 아침의 두브로브니크 공항 입국장은 막 도착한 터키 항공의 승객이 전부인가 싶을 만큼 한산했다. 개중 동양인, 그것도 한국인은 나뿐인가 싶었다(크로아티아의 수도 자그레브에서 휴양지인 두브로브니크로 남하하는 코스가 일반적이라 그렇다는 사실은 나중에 알게 됐다).

인천 공항 내 은행에선 유로화만 환전할 수 있었기에, 이곳 ATM 기기를 찾아 당장 쓸 정도의 쿠나(크로아티아 통화)를 구했다. 때마침 시동을 걸던 공항 셔틀버스에 오르자, 시내 구시가지보다 먼 (숙소가 있는) 시외버스터미널까지 동일 요금으로 이동한다 해서 쾌재를 불렀다. 누구에게랄 것 없는 승리감, 허투루 돈을 쓰지 않는 아줌마 습성은 두고 오지 못했다.

왼쪽으로 앉으니 아니나 다를까, 아드리아해가 길게 누워 여행객을 맞이했다. 그 등허리를 더듬으며 잠이 든 사이, 버스는 앞차의 그림자를 부리나케 집어삼키며 내달렸다. 그리고 예정대로 시내 구시가지를 지나 출발한 지 50분 만에 시외버스터미널에 도착했다.

울퉁불퉁 유럽의 악명 높은 돌바닥에 캐리어를 몇 번이나 자빠뜨렸는지, 그로부터 10분 후 샛노란 3층 건물을 발견한 게 천만다행이었다. 호스텔 SOL, 그 맞은편에는 어림잡아 아파트 6~7층 높이의 하얀 물체가 쪽빛 바다 위에서 위풍당당했다.

헤벌쭉 바라보니 하얀 혹등고래, 아니 이탈리아 혹은 스플리트 둥지로 헤엄쳐 다닐 자드로리니자(Jadrolinija)사의 페리였다. 쩝, 이석증 때문에 포기한 승선표가 떠올라 입맛을 다셨다.

캐리어를 두고 나와 홀가분해진 몸으로 해안가를 따라 걷다, 버스 티켓을 파는 쿠삭을 발견했다. 필요한 말만 건네기로 작정한 쿠삭 아줌마에게 구시가지행 티켓을 사는 동안 백팩 민소매 외국인들이 순서 없이 쿠삭을 에워쌌다. 가슴과 허리 등 부위별로 흐르는 땀은 한낮 25도인 이곳에 어울리지 않는 검고 치렁한 원피스 때문인지 그들 때문인지 분간하기 어려웠다.

그때 건너편 흑발의 아가씨가 손을 흔들었다. 언어적으로든 친밀감으로든 완벽히 배타적인 세상에서 사소한 친절은 뿌리치지 못할 유혹이다. 게다가 정오의 태양은 너무 뜨겁고, 갑작스레 무진장 배가 고파졌다. 잘못 칠해진 먹색 같던 나는 원래의 풍경에 자리를 내주고 아가씨께로 얼른 넘어갔다.

이곳 아가씨들은 맥주를 즐겨 올챙이배인 경우가 많지만 어마어마하게 예뻤고, 흑발의 아가씨도 예외는 아니었다. 그녀에게 매혹된 나는 그 가늘고 긴 손가락이 가리키는 대로 고분고분 주문했다. 잠시 후 그 집의 제일 값나가는 연어 스테이크가 차려졌고, 더운 지방의 염장이 대단하여 자연 입이 쩍 벌어졌다.

순전한 얼굴의 아가씨마저 나를 배제한 세상과 한통속임을 깨달았을 땐 이미 주머닛돈 절반 이상이 날아간 뒤였다. 신고식을 치른 셈 쳐도 그렇지, 기왕지사 시내에서 당할 노릇이지 시외버스터미널이라니 얼치기 같지 않은가.

왁자하니 구시가지에 내려서자마자 두고 보자 하는 심정으로 은행을 찾았다. 쿠나를 뭉텅이로 인출하고, 버스 무료승차권을 포함하여 관광지 할인권을 제공하는 두브로브니크 카드를 장만했다(이것도 나중에야 안 사실이지만, 개미 똥만큼의 혜택이었다).

두둑해진 주머니를 믿고 아이스크림 가게에 들렀다. 봉긋한 콘 어디부터 핥을까 바라보는 동안 태양이 먼저 혀를 내둘러, 검은 원피스는 희고 끈적이는 얼룩으로 금세 지저분해졌다.

주전부리하는 입만큼 기념품 가게를 탐하던 눈도 바빠졌다. 주황색 지붕들을 품은 성벽 바깥으로 쪽빛 아드리아해가 그려진 올망졸망한 물건들이 제법이었다. 세라믹 자석 혹은 컵에, 더러는 가방과 티셔츠 들에 세계문화유산으로 등재된 두브로브니크 구시가지가 수두룩했다.

쨍그랑! 세라믹 자석 하나가 내 백팩에 얻어맞아 바닥에 나동그라졌다. 아직 신고식이 끝나지 않은 걸까. 주인의 으름장에 온전치 못한 놈을 계산한 후 허둥지둥 쫓겨 나와 붐비는 다른 줄에 몸을 숨겼다. 두브로브니크 명물인 장미크림을 판다는 프란체스코 수도원 약국행이었다.

여섯 평 공간에 어찌나 사람이 몰리던지, 여닫이문 종소리에 한 사람 나면 한 사람 들어가는 식이었다. 그런데 나오는 사람은 더디고 들어가려는 사람은 빨리 늘어 어느 틈에 꼴찌는 면했으나…. 뭐하는 짓이람. 생의 군더더기를 떨치고 삶을 궁구(窮究)하고자 떠나왔는데 먹고 자고 쇼핑하고 지구 저편과 다를 바 없는 하루를 보내고 있다니.

스르지산 전망대에서 본 두브로브니크 구시가지

해는 길어 아직 낙조 시간은 아니지만 필레 성문을 나와 오른쪽 언덕길을 올랐다. 원피스에 칭칭 감긴 종아리로 땀이 흐르고, 공항과 시내를 오가는 버스들의 매연 때문에 얼굴 가득 숯가루를 뒤집어쓴 것 같다. 칫, 제대로 풀리는 게 없는 하루다.

스르지산 전망대로 오르는 케이블카 매표소에 당도해 왕복 티켓을 사고, 한여름이었다면 포기했지 싶을 오르막길을 더 올라 케이블카가 출발하는 곳으로 이동했다. 그때 앞서가는 단체객을 발견하곤 서둘러 내달렸다. 그들보다 먼저 올라, 산 정상 카페의 전망 좋은 자리를 차지하려는 욕심이었다.

그래 봤자 별 소용없다는 걸 깨달은 건 잠시 후, 만석이 되어야 출발하는 케이블카에는 그들도 함께였다. 멀리 떠나도 떨칠 수 없는 습성. 오래도록 내 것이었고 앞으로도 별수 없이 나와 부비고 살 어리숙한 모습. 그게 나였다.

늦되고 서툰 인생

*

"그럼 전부 엉터리란 거네."

집안 행사를 치르다 보면 제일 큰 목소리는 목동 언니 차지였다. 바야흐로 1년 후 팔순 생신을 앞두고 맞은, 아무도 몰랐던 아버지의 마지막 생신상이 차려졌던 날이다.

사촌 오빠와 묵은 나이를 셈하다 생년이 같다는 걸 알게 됐고, 급기야 내 생일이 심판대에 올랐다. 기재된 대로라면 사촌 오빠는 사촌 동생이어야 했기에, 현장에 있던 숙모의 열띤 증언과 나머지 사람들의 기억이 더해졌다.

결국 주민등록상 기재 오류가 명백해졌지만, 아버지는 태연했다. 자고로 딸은 일찌감치 시집가서 하루라도 빨리 애를 낳아야 하니, 늦게 출생신고를 하는 척 한 살이라도 더 얹어야 옳다는 논리였다.

아버지의 평생 신조가 밝혀지자, 동사무소를 어떻게 설득했는지 의아한 나를 제외한 딸들의 원성이 대단했다. 형부들은 왕왕 농을 질렀다. 철석같이 믿었던 황금 궁합이 사실은 딴 여자의 것이었다며 그 연을 찾아야 한다고도 했고, 동갑인 줄 알았는데 억울하다며 호칭부터 바꾸자고도 했다. 물론 사촌 오빠는 까불어봤자 별 볼 일 없지 하는, 득의만면한 표정을 지었다.

친정아버지는 현실과 동떨어진 사람이었다. 딸들과 사위들이 어쩌든지 간에 생일상을 자시고는 하루 운수를 떠본다며 화투 패를 놓았다. 가끔 아버지의 그런 태도가 한 수 위로 보일 때가 있다. 이날도 그랬다. 잔치가 끝나도록 언니들은 호들갑이었지만, 변한 건 아무것도 없었다.

*

다행이랄까, 또래보다 늦될 수밖에 없는 친정 식구들의 운명은 내 몫으로 그쳤다. 아버지가 남몰래 수고한 보람도 없이, 나의 결혼은 늦었고 아이는 더 늦었다. 그래서 또래보다 한참 늦게 철 들고 있는지 모른다. 군식구처럼 귀찮은 갱년기만 빨리 도착할 게 뭐람.

못난 자신도 그러안고 살아갈 나이, 그렇게 늦되고 서툰 인생이지만 늘 길을 가고 있다는 게 큰 위안이 됐다. 이번에도 무리에 뒤져 전망대 노천카페에 도착했지만, 바다를 마주할 툭 트인 자리를 차지했으니 나쁠 리 없다.

새콤한 레몬 맥주를 홀짝이며, 호사스러운 순간을 함께하지 못한 채 비어 있는 옆자리를 건너봤다. 홀로 여행이 시작되었다는 늦된 깨달음과, 오십을 바라보는 아줌마에게 대단한 일이 벌어졌다는 생각에 심장이 벌렁거렸다.

실패를 떠나보내며

크로아티아 ✳ 두브로브니크 2일

미완이어도 괜찮아

'어디야? 엄마 있는 곳으로 가고 싶어요.'

시차에 잠잠하던 핸드폰이 새벽을 흔들었다. 저쪽 시간을 계산할 틈 없이, 작은아이의 한 줄 소망에 수천 마일 떨어져 있던 엄마의 마음이 흔들렸다.

잠이 들었다 다시 깨어난 건 새벽 5시 무렵, 이번에는 숙소의 1층 식료품 가게에서 시비를 걸었다. 깜깜한 방 한가득 부풀어 오르던 수면은 물건을 하역하는 소리와 기운찬 대화에 짓이겨져 만두피처럼 얄팍해졌다. 베개 밑에 고개를 처박고 엎치락, 숨 쉬기 가빠지고 외로 꼰 고개마저 아파서 뒤치락. 홀로 초를 다퉜지만 승산 없는 싸움이었다. 떠오르는 아침 해가 저들의 편이었다.

삶은 가지와 토마토, 입에 맞는 소시지와 치즈를 종류별로 호밀빵에 얹어 이국에서의 둘째 날을 맞았다. 전날 간이 지나친 음식에 식사를 제대로 못해, 몇 접시를 게걸스럽게 해치웠다.

이날 바람은 다소 거칠어, 식당 창밖으로 항구에 매인 요트들이 흘수선 아래를 내보이며 춤을 추었다. 어제 페리는 밤을 타고 떠났고, 그 허전함을 못 견디겠다는 듯 아드리아해가 요염한 은빛 눈썹을 수시로 깜빡였다.

매혹적인 풍경에 어찔했다. 뒤이어 속이 울렁, 넘실대는 아드리아해를 달리는 페리라도 탄 기분이었다. 불청객의 급습이었다! 천천히 방문을 열고 자낙스(신경안정제) 반 알을 깨물었다. 베개를 겹쳐 높이 세운 후 목덜미까지 이불을 덮었다. 깊고 어두운 곳으로 한없이 하강하는 기분…. 바람을 잠잠케 할 제물이 되리라.

땀으로 축축해진 침대를 의식하며 눈을 떴을 땐 해가 높다랬고 바람도 유순해져 낯선 커튼을 툭툭 건드릴 뿐이었다. 침대 발치, 마취된 실험실 개구리처럼 쩍 벌어진 캐리어를 보고 나서야 여행지 숙소임을 깨닫고 울렁증이 가셨음을 알았다.

서두르지 말아야지. 반평생 악다구니 쓰며 누구를 이겨먹으려던 건지, 전쟁을 치르듯 내달렸다. 천천히, 한 달의 여행은 미완이어도 된다. 저편에 남은 가족의 삶은 그들에게 맡기고, 눈앞에 놓인 하루하루를 바람 부는 대로 춤추며 랄랄라 보내야지.

무심하게 펄럭이는

구시가지로 이동했다. 필레 성문을 지나 성벽으로 오르는 가파른 계단 앞에 섰다. 통행 감찰자에게 두브로브니크 카드를 내미니, 무도회장 댄스 파트너를 대하듯 낯간지러운 미소를 건넨다. 포물선을 그리며 내민 왼손으로 카드를 받쳐 들고 날짜를 확인하곤, 다시 포물선을 그려 들어 올린 오른손으로 입장을 허락했다.

스텝 바이 스텝, 신나는 댄스여도 그만두고 싶을 만큼 숨을 헉헉댈 무렵 계단은 끝났고 성인 두 명이 나란히 서기도 비좁은 통로가 등장했다. 반시계 방향으로 무리를 따르자, 왼편으로 구시가지의 주요 도로라는 300미터 플라차 대로가 시청이 있다는 루자 광장까지 곧게 뻗어 있다. 오른편으로 성벽을 둘러싼 아드리아해에 넋을 뺄 참에, 어쩌다 목적지가 같은 사람들이 대략 2킬로미터를 보행할 테니 서두르라는 표정이어서 냉큼 나아가야 했다.

두브로브니크 성벽은 애초에 로마 식민시 거주민들의 요새였다. 몇 번의 증축과 1662년 대지진 이후 복원을 거듭하던 성벽은 서로 다른 기원의 벽돌이 쌓이고 쌓여 최고 25미터, 투박하나 우뚝했다. 총탄 자국을 심심찮게 발견할 수 있던 시내에 비해 아무렇지도 않은 주말만 보낸 듯한 이곳에서, 20세기가 저물던 1993년 유고 내전을 끝으로 전쟁의 화마를 벗었다는 두브로브니크를 떠올리긴 쉽지 않았다.

댕댕댕~. 12번의 종이 울리고 점심을 지나는 시내로 눈길을 돌렸더니 무심하게 펄럭이는 빨래가 유독 하얗고 빨갰다. 이곳 사람들의 평온해진 하루가 널려 있다.

"마미, 저게 뭐야?"

"스파이홀!"

신나는 놀이터를 발견한 아이는 성벽 구멍마다 손가락 총을 겨누었다. 대포를 쏘아대던 적의 범선 대신 붉은 카약이 아이를 상대했다.

필레 성문의 정반대편인 동쪽으로는 반예 비치, 멀리서도 현관의 터키식 양탄자가 만져질 듯 호화로운 호텔들이 해안선을 따라 능청스럽게 산을 타고 있다. 짙푸른 아드리아해를 끼고 초가을 날카로운 햇살이 음각 양각으로 구항구를 조각하고 있다. 나는 도시의 동쪽 플로체 성문으로 오르내리는 관광객들과 엉켜 좀 더 나아가기로 했다.

때로는 카페를, 때로는 한 사람이 지나기조차 힘든 계단을 들이대면서, 오랜 세월 방어에 충실했을 성벽은 탄탄하게 이어졌다. 그리고 오른쪽 어깨 너머 스르지산을 향하는 케이블카가 지날 즈음 백상어처럼 날렵한 민체타탑이 보였다. 성벽 투어의 종착지였다.

관광객들은 숙제를 마친 아이들처럼 환한 낯빛이 되어 이름도 모르는 서로에게 카메라를 건넸다. 전쟁은 끝났고, 두어 시간 성벽 투어의 사진을 전리품마냥 품었다.

실패를 떠나보내며

*

드라마 〈로망스〉로 유명해진 창원시 진해천은 몇십 년 전만 해도 여름철 홍수에 종종 범람하던 나지막한 도랑이었다. 그 도랑 나란한 길로 쌀 배달을 떠났던 아버지는 여우비도 내리지 않던 어느 날 진흙에 피범벅이 되어 절뚝발이 신세로 돌아왔다. 딱총 소리에 놀라 자전거와 함께 도랑으로 떨어졌다고 했다.

쌀 포대와 짐 자전거는 어디다 내버려둔 건지, 엄마는 혼자 돌아온 아버지를 나무라지 못했다. 그저 아버지를 질겁케 한 딱총 쏜 동네 장난꾸러기들을 이 잡듯 잡아 혼쭐을 냈다.

내가 기억하는 날들에 한정되긴 하지만, 가족의 현실과 뚝 떨어져 지냈던 아버지는 이날 사고 이후 대놓고 가족의 삶 저편으로 나동그라졌다. 아버지의 퇴장 이후 원래부터 바지런했던 엄마는 더욱 억척스러워졌다.

시장 난전으로 돈을 벌어 쌀가게를 차렸다는 엄마는 당신의 사촌 덕에 공장 식당 납품 건을 맡으며 부리나케 집안을 일으켰다. 그렇다고 월급 밀릴 리 없는 군 공무원 태반인 동네 장사를 대충하지도 않았다. 수금하고 달아나는 일꾼이 생길 때면, 먼 동네까지 직접 버스를 타고 배달을 다녔다. 문제의 짐 자전거가 돌아왔을 때는 상이용사처럼 그것을 처박아 둔 채, 작은 자전거를 마련하여 나까지 거들라 들쑤셨다.

6남매를 키우랴, 쌀집을 운영하랴, 억척 대장이던 엄마도 그 시대 아내의 모습까지 부정하지 못했다. 자식 앞에선 남편에게 된소리 같은 걸 내지 않았고, 아침마다 흰 쌀밥에 가까운 어시장에서 막 썬 붕장어 회를 곁들인 진수성찬을 차렸다.

만성적 신경통과 위장병, 천식을 앓던 아버지에 매여 살던 엄마였지만, 간간이 동네 분들과 여행을 떠나 해방의 시간을 누렸다. 당시 엄마들의 여행은 동네잔치여서, 그 여행 날 저녁이면 관광버스에서 내려진 음식이 동이 나도록 동네가 들썩거렸다.

이들의 흥을 돋우는 데 아버지의 가락은 큰 몫을 했다. 돌아온 엄마들을 마중하던 아버지가 덩기덕 덩덕 윗마을 아랫마을 할 것 없이 밤의 거리를 장구 치며 돌아 나가면, 버스에서 내려서는 아줌마들은 치마를 들추고 줄지어 춤을 췄다. 남아 뒹구는 사이다며 콜라를 병째 문 동네 아이들도 장구 소리에 맞춰 트림을 했다. 밭은 기침 없이 물 만난 고기처럼 생생한 아버지란 그때가 유일했다.

납품 때문인지 여행을 떠난 건지, 마침 엄마가 집을 비운 어느 날이었다. 배달이 밀려 있었지만, 중학생이 된 나로선 나서고 싶지 않았다. 집안 살림에 뒷짐 지고 있던 아버지가 웬일로 거들고 나섰다. 조마조마한 기다림 끝에 아버지와 새 자전거는 온전히 돌아왔고, 아버지의 옛 지인이란 분이 덤으로 왔다.

두 사람이 근황을 나누는 동안 술상을 봤던 나는 창고 속 담금주 중 먹음직스러운 햇포도주를 골라 주전자 가득 따라 들였다. 듣자 하니 이들은 6·25 전쟁 참전 용사, 압록강 근처까지 올랐다

중공군의 개입으로 간신히 돌아온 여느 부대의 마지막 생존자들이었다.

"거기는 괜찮습니까?"

"하모, 멀쩡하다."

바지를 걷어 올린 아버지가 장딴지를 주물렀다. 가늘고 긴 근육 섬유질에 유난히 봉긋 솟은 무언가가 아버지의 손가락을 피해 요리조리 도망 다녔다. 전쟁 때 박혔다는 폭탄 파편이었다.

아버지는 동네 애들의 장난감 폭죽 소리에 폭탄 터질 때처럼 주저앉다 크게 다쳤다는 얘기를 아무렇지 않게 하셨다. 그리곤 중공군의 나팔 소리가 방향을 종잡을 수 없이 사방 천지로 들려 왔을 때 정말 공포스러웠다며 한 잔, 1·4 후퇴 때 배를 타지 못했더라면 겸상하고 술을 나누지도 못했을 거라며 한 잔, 다리 신경통이 잦아 힘쓰는 일은 못하겠다며 한 잔….

아버지의 지인은 전쟁 이후 가족을 거둬 먹일 일을 찾다가 군대에 남았다며 자주 술잔을 부딪혔다. 빈 주전자에 포도주를 채울 때마다 밑바닥 앙금 같던 포도알은 내 차지였다.

살아남은 한 사람은 전쟁의 상흔을 품고 엉거주춤 현실에 주저앉았고, 살아남은 또 한 사람은 현실을 살아내기 위해 다시 총을 들었다. 삶을 대하는 자세는 무척 달랐지만, 딸꾹, 술잔을 드는 팔뚝에는 바랜 듯한 부대 문신이 똑같이 새겨져 있었다, 딸꾹. 그리고 나는 이들보다 먼저 술에 곯아떨어졌다.

*

"If you come to San Francisco~, Summertime will be a love in there~."

오래된 팝송이 쿵쾅대는 이곳은 두브로브니크 성벽 한쪽 구멍을 나서면 만날 수 있는 부자 카페(Buza bar). 바다를 면한 이곳에서 레몬 맥주를 반쯤 마셨을 때, 아버지의 술상에서 포도알을 집어 먹을 때만큼의 취기가 올랐다.

눈앞의 깎아지른 바위 위로 전쟁 이후 태어났을 게 분명한 두 청년이 조각 같은 몸을 자랑하듯 두 팔을 뻗어 올렸다. 풍덩, 두 녀석이 낙하하자 잠잠히 유영하던 커플이 네이팜이라도 떨어진 듯 소스라치게 놀랐다.

바깥 영하의 날씨에도 아랑곳없이 따뜻한 잠자리를 보전하던 우리 집에 신경질적인 새벽 인터폰이 울렸을 때도 저들처럼 놀랐다. 주말을 깨웠던 은행은 점령군이 되어 우리의 보금자리를 절반이나 동강냈고, 평범한 가족의 삶을 저당 잡았다.

그보다 더한 전쟁은 이후의 삶이었다. 한편으로 뭉쳐야 했던 남편과 내가 종종 큰소리로 다퉜고, 쌍둥이는 앞치마를 풀어버린 엄마의 뒤꽁무니를 바라보다 지역아동센터에 맡겨졌다. 나는 친정엄마만큼 억척스럽지 못했고, 선뜻 큰손 내밀 친인척도 없었다.

그제야 주변의, 돈이나 건강 혹은 관계 따위에 원치 않는 방향으로 삶이 전개되면서 전쟁 같은 시간을 보낸 이들이 눈에 들어왔다. 그 시간이 약(藥)이 된 사람도 있었지만, 잔뜩 별러진 삶에 상처 가득 독(毒)이 오른 사람도 있었다. 아무래도 잔뜩 독 오른 사람이 될 성싶어 그 시공간으로부터 도망한 내가 마주한 이곳 역시 전쟁을 지난 도시.

이 도시처럼, 나는 미래를 낙관하던 자신을 회복할 수 있을까. 남편에 대한 미움과 때 지난 후회를 벗고 나의 결을 되찾을 수 있을까. 격랑이 인 후 다시 잠잠해지는 저 깊은 바다처럼, 주저앉지 않고 흐르고 흘러 멀리 나아가는 저 넓은 바다처럼, 실패를 떠나보내고 다시 행복으로 나아갈 수 있을까.

청년들이 말간 얼굴로 솟아올랐다. 희망의 부적이길 바랐다.

신이 우리를 돕는다

크로아티아 ✳ 두브로브니크 3일

고약한 습관

습관은 고약해서 헛웃음 칠 행동을 아무렇지 않게 부추긴다.

시차에 적응치 못해 뒤척이다 팔을 두르니 납작한 이불, 걸리적거리는 거라곤 구겨지지도 않는 베개뿐이었다. 그 베개를 아래로 끌어 무거운 다리를 올리다 말다 하다가 잠이 달아났다.

호스텔 식당에 들어서니, 익힌 파프리카와 콩 등 어제와 다를 바 없는 조식이 차려져 있었다. 한 접시 수북이 쌓아 창가 자리로 가다가 그만, 화들짝 놀란다. 아침 8시!…에, 헛웃음이 나온다. 깨워야 할 식구도, 한시바삐 움직여야 지각을 면할 회사도 지구 저쪽 시계에 맞춰 사는데, 벽시계를 볼 때마다 희뜩희뜩 놀랄 건 뭐람.

일찌감치 번지수 모르는 거리로 나섰다. 끼니를 챙기고 잠자리를 정리하는 일마저 내팽개치고 나니 구르는 돌까지 예뻐 보였다. 과일 시장을 지나 버스 정류장의 낯익은 얼굴을 보고 고개를 숙였는데, 목석같은 쿠삭 여인이었다. 메신저백을 든 사내들과 눈 화장 고운 이곳 여인들과 하품하던 학생들 모두를 잡아챈 버스가 서둘렀기 망정이지, 혼자 달달해진 멋쩍은 아침 인사였다.

이날의 첫 일정은 로브리예츠 요새 투어. 이를 위해 카약이 머물던 만을 지나 바리캉이 밀어낸 듯 좁고 경사진 구릉지를 올라야 했다. 이곳 돌계단은 종종 풀숲에 사라졌다 이어졌는데, 돌아보니 아찔한 아래쪽에 노부부 한 쌍이 함께 길을 내고 있었다.

숨이 깔딱 넘어갈 즈음 좁은 입구가 나타났고, 악당들의 세계인가 어리둥절해질 만큼 어두컴컴하고 군데군데 거미줄 낀 계단을 좀 더 오르니 무심한 표정의 요새지기가 객을 맞는다.

요새를 타고 오르는 개미처럼 나선형 작은 계단을 밟아 빛이 드문 2층을 지나고 3층까지 오른다. 탁 트인 아드리아해를 마주하며 팔을 벌릴 무렵 따귀를 때리던 세찬 바람이 새로 장만한 페도라 모자를 낚아챘다. 아뿔싸, 40미터 바위 절벽 아래로 비행하는 모자를 구경만 하게 생겼구나.

때마침 먼저 와 있던 관광객이 재빠르게 모자를 잡아 건네줬다. 최신형 카메라로 오래된 도시를 박제하던 그들은 한국인 커플. 잠시 후 요새엔 두 쌍의 국적 다른 커플과 모자마저 잃었다면 쓸쓸한 표정을 감추기 어려웠을 내가 로맨틱한 도시를 하염없이 내려다

보는 풍경이 자리했다.

배낭여행자의 습관대로 걷고 또 걸었다. 필레 성문을 지나 구시가지로 들어, 어제의 성벽 투어 출발점을 지나고 사비오르 성당을 지났다. 13세기 흑사병 환자를 치료했다던 프란체스코 수도원으로 가는 길이었다. 첫날의 혼잡한 줄이 사라진, 상아색 문을 열면 딸랑 딸랑 고색창연한 종소리와 함께 700년 전 처음으로 일반인을 맞았다는 중세 약국을 만나볼까 기대에 부풀었다.

개구리눈이나 동물 고환 혹은 마녀의 뼈다귀 등이 박제되어 있었다면 덜 놀랐을 것을, 정갈한 진열대를 배경 삼아 역시 코가 날렵하니 황홀하게 예쁜 약사가 장미크림에는 도무지 관심 없는 동양인을 맞았다. 쭈뼛쭈뼛, 가던 길로 곧장 더 걸어 들어갔다. 교교한 회랑을 지나자 음이 소거된 수도원의 정원. 시든 장미 한두 송이가 화려한 계절을 안간힘으로 붙들고 있었다.

어쩐지 꼬리표처럼 들러붙는 외로움. 이날은 어디를 가나 가족 단위 여행객이 눈에 띄어 마음이 종종 수런댔다. 점심이 닥치면 아이들이 학교에서 돌아올 시간이구나 싶고, 저녁을 먹을 때면 함께 찧고 빻을 시간이구나 싶었다. 핸드폰 연결 신호를 수차례 확인하며 깜깜무소식인 핸드폰을 만지작거릴 땐 이만한 짝사랑도 없다 싶어 헤프게 웃고 말았다.

그때 바람에 실려, 이곳 오케스트라가 켜는 주말의 연주가 들렸다. 습관처럼 떠오르는 감정일랑 오선지를 달리는 마법사들에게 맡기기로 하자, 가슴을 들쑤시던 그리움이 3박자의 리듬과 함께 달아났다.

로브리예츠 요새에서 바라본 성벽

57

신이 우리를 돕는다

펄럭이는 외로움

이날따라 한국인 가족 관광객이 참 많다 싶었는데, 단체 관광객의 삼각 깃발이 퍼레이드를 벌이고 있었다. 그들을 좇던 눈이 뒷자리 아가씨와 마주쳤다.

"한국인이세요?"

이날이 두브로브니크 여행 마지막 날인 것만 공통된 두 여행자는 동안의 행로를 묻고 이후의 행로를 나눴다. 듣자 하니 항만 물류 쪽 연구에 종사한다는 부산 아가씨는 길 위의 삶에 제법 익숙했다. 이번에도 지도교수와 함께 영국에 출장을 다니러 왔다가, 한국에서 유학했던 친구들을 만난 후 관광차 크로아티아에 들렀단다.

벼르고 별러야 떠날 수 있는 나와는 다른 세대, 그 세대 제1의 화제는 당연히 사랑이었다.

"그 친구가 첫사랑을 잃고 얼마나 달라졌는지 보실래요?"

성명조차 나누지 않은 타인의 사생활을 훔쳐보는 걸 주저할 틈도 없이, 아가씨의 손가락은 페이스북을 돌아다녔다. 액정 화면을 가득 채우던 남자는 스크롤바가 올라가면 갈수록 잘 조각된 석고상이 되더니, 사랑하는 연인을 안은 루마니아 출신의 톰 크루즈로 변해 있었다.

"완전히 딴사람이죠?"

실연 극복 다이어트를 종용한 한국 친구들 덕분이랬다. 진실이 무엇이든 달라진 건 명백했다. 그런데 이 친구, 마음만은 달라지기 어려웠나, 첫사랑과 새 연인 사이에서 갈팡질팡한댔다.

내 마음도 추스르기 어려운데 생면부지 남의 마음까지 어떻게 헤아리랴. 아무쪼록 사내가 중년이 되고 뱃집 두둑한 아저씨로 변했을 때에도 잃지 않을 사랑을 택하길 바랄 뿐이다.

밤 페리를 타고 이 도시를 떠날 부산 아가씨와 헤어지며 동쪽 구항구로 나섰다. 하얀 요트들이 둠칫 두둠칫 거센 바람을 맞고 있었다. 작달막한 아이가 "슈퍼맨"을 외치며 유모차에서 뛰어내렸고, 젊은 부부는 사랑스런 눈빛으로 그 뒤를 좇았다. 해안 벤치에는 벙거지를 쓰고 목도리까지 두른 동양 여인이 무릎에 오른 동네 고양이와 온기를 나누고 있었다.

빨간 등대와 함께 먼 바다를 바라보던 나는 떠나온 가족이 머무는 집이 어디쯤일지 가늠했다. 다음 날 비 소식 때문인지 저녁이 이슥해서인지, 달아났던 외로움이 다시 바람에 펄럭였다.

중년의 사랑

*

"마운틴 에베레스트, 마운틴 에베레스트, 거기 누가 떠드노!"

잔뜩 구불텅해진 혀로 영어 듣기 시험을 방송하던 스피커에서 갑작스레 터진 사투리에, 중3 여학생들은 웃음을 참지 못하고 키득거렸다. 몇몇 아이는 검지를 머리에 댄 채 빙글빙글 돌렸다. 담임이기도 한 영어 선생님을 가리켜 곧잘 하던 짓이다.

당시 담임선생님의 행동은 아이들의 웃음을 살 만큼 요상하긴 했다. 영어 문장을 읽던 목소리가 굵어져 고개를 들어 보면, 교과서를 보고 있어야 할 시선으로 자신의 윗도리 안쪽을 들여다보고 있었다. 영문법을 설명하다가도 칠판의 분필 자국을 따라가던 숱한 눈동자에 아랑곳없이 흘러내린 스타킹을 허벅지 위로 끄집어 올렸다.

초록색 출석부의 모서리가 휘도록 아이들의 머리를 후려치고 교탁을 발로 쿵쿵 차며 신경질을 내는 건 되레 정상으로 보였다. 당시 고입 선발고사를 준비하는 아이들을 대하는 선생님 대다수가 '사랑의 매'를 들었으니 하는 소리다. 다만 점심시간마다 자신처럼 엎드려 자든지 교실 밖으로 나가 놀라 권하는 건 중3 담임치곤 이상했다.

그때 나는 짓까불던 친구들과 운동장을 택했다. 점심을 먹고 교무실로 향하던 체육 선생님이 국가대표 선수급이라 빈정대거나 말거나 오자미 놀이에 푹 빠졌던 시절, 모래보다 좀 더 찰진 쌀 주머니나 콩 주머니를 만드는 건 쌀집 딸인 내 차지였다.

어느덧 오자미 하기도 지칠 법한 한여름. 벼락이 치고 비가 쏟아져 내리지 않는다면 죄다 녹아내릴 것 같은, 지겹도록 무더운 중3 여름날이었다. 마침 쓰던 콩 주머니가 터져 좀 더 질긴 천에 많은 콩을 집어넣어 짱짱해진 오자미를 들고 학교에 간 그날, 조회 시간이 지나도록 담임선생님이 나타나지 않았다.

계속된 담임선생님의 결근은 우리끼리의 승부를 쉽사리 판정하지 못했다. 그러는 사이 방학이 시작됐고, 방학식을 마치자마자 반의 간부들과 몇몇 엄마들은 지금의 창원으로 합쳐지기 전 마산으로 가는 버스에 올랐다. 병문안 길이었다.

버저를 누르자, 담임선생님과 닮았지만 몇십 년은 늙어버린 얼굴이 우리를 맞았다. 엄마들은 그분과 안방으로, 아이들은 주인 없는 선생님의 방으로 들어갔다. 몇몇은 주인 잃은 침대를 뒹굴고, 몇몇은 높낮이 제멋대로인 책장을 뒤졌다. 압수당했던 금서(禁書) '하이틴 로맨스' 등을 되찾아올 생각이었지만, 영문이 빼곡한 책들에 심드렁해졌던 것 같다.

낮으로 짝을 찾아 맹렬히 울어대던 매미와, 밤마다 산을 울리던 뻐꾸기를 제하면, 그 무더운 여름방학 내내 지나치게 평온했다. 그래서 개학 날 우리에게 떨어질 계엄령을 짐작할 수 없었다.

전체 학년의 운동장 조회가 열리던 개학 날, 1학년 담임이던 깜장 선생이 우리 반 앞에 틀니마냥 서 있는 게 수상쩍었다. 그때 대열이 흐트러졌다며 어느 1학년 아이들이 야단을 맞고 있었다.

소문대로 약혼자와 이별하며 마음의 병을 얻었다는 우리의 담임선생님은 계속 병원 신세를 져야 했는지, 학년이 끝나도록 등장하지 않았다. 때문에 1학년 담임선생은 학년 꼴찌를 독차지하던 우리를, 새로 부임한 선생은 공석이 된 1학년 담임을 맡았다. 이로써 우리 교실은 몽둥이를 든 선생과 곁을 내주지 않는 의붓엄마에게 심술난 학생들로 살풍경해졌다.

어느덧 과수원을 하던 이웃집 마당에 무화과가 썩고 사과와 배가 툭툭 떨어지더니, 고입 원서를 쓰는 계절이 닥쳤다. 새로 장만한 오자미 주머니를 꺼내지도 못한 나는, 놀이를 함께했던 친구들이 원치 않는 고등학교로의 입학원서를 들고 우는 모습을 먼발치서 지켜만 봤다. 새 담임선생은 높은 합격률만이 당신 소임인 양 냉정했다.

새 담임선생에 대한 껄끄러운 감정은 졸업식 후로 예정됐던 그녀의 결혼식 때문에 더욱 복잡해졌다. 열 길 물속은 알아도 한 길 사람 속은 모른다는 옛말이, 적어도 그때 내 모습과는 똑 들어맞았다. 망설이다 청첩장에 안내된 결혼식장에 갔을 때, 밉상이던 깜장 샘이 흑진주처럼 곱고 사랑스러워 보였다.

*

그곳과 여기 두브로브니크 구시가지 버스 정류장의 물리적 거리만큼, 사랑의 질감은 크게 달라졌다. 그땐 사람을 황폐하게 만들거나 얼음 같던 깜장 선생을 수줍음 많은 각시로 변신시키던 사랑이 선악과마냥 어지간한 홀림이었다. 그런데 지금 사랑은 난수표 같은 인생의 한 가지일 뿐이어서 불가해해도 내버려두면 그만, 다른 신경 쓸 일이 더 많았다. 그래서인지 장성한 아들이 있어도 이성을 대할 때면 가슴이 뛴다는 친구가, 마음밭에 먹고 살 작물만 심은 나로선 신통방통하기만 하다.

아아, 가슴 뛰던 날들은 저 멀리 어느 정류장에 놓고 지나왔을까. 자전하는 하루가 저무는 지금은 현실로부터 유예된 혼자의 삶이지만, 공전하는 어느 계절에 돌아가게 되면 옛사랑을 기억하고 지난 상처를 보듬으며 곰살맞게 살아질까.

"GOD HELP US."

담벼락 그라피티에 무릎을 쳤다. 이후의 삶은 신의 몫으로 두어야겠다.

제대로 살길 여태 미루었다

크로아티아 ✳ 스플리트

머무는 삶

숙소를 나서려던 찰나, 한국에서 예약한 버스 티켓 복사본을 꺼내지 않았다는 걸 깨닫곤 캐리어를 열려 했다. 이게 웬걸, 비밀번호가 까마득했다. 오전 8시 버스는 출발할 참인데 이 일을 어쩐다? 때마침 아침 종소리가 화급하게 울렸다. 댕댕댕댕댕댕댕.

번쩍 눈을 뜨니 오전 7시, 꿈이라 다행이었고 캐리어 비밀번호가 기억나 큰 숨을 내쉬었다. 후드득 떨어지는 비에 조바심을 씻어내고, 버스 티켓 복사본을 백팩으로 옮겼다. 며칠간 여행의 흔적마저 모조리 캐리어에 넣은 후 더 이상 나를 수용할 수 없는 숙소의 방문을 쾅, 닫았다.

"I'll miss you."

의례적이었을 호텔 매니저의 인사는 믿고 싶을 만큼 따뜻했다. 분명 엘리베이터 문이 닫히면 리셉션 담당답게 객실 청소를 명할 테고 새 침대보에 내 머리카락 한 올 허락하지 않겠다만, 이곳에서의 3일 또한 내 생(生)이어서 시외버스터미널로 향하는 내내 남겨진 물건이 있는 양 돌아보다 말다 했다.

저벅저벅, 버스 안 엄중한 신발 소리에 선잠을 깨니 여권 심사 중이었다. 두브로브니크에서 스플리트까지 4시간, 그사이 네움이란 지역에서였다. 그러니까 두브로브니크와 본토 사이를 가르며 삐죽이 등장하는, 보스니아-헤르체고비나의 해안 국경 도시였다. 얼마 전까지 총부리를 겨누던 사이여서인지, 크로아티아 버스에 오른 무장한 타국의 경찰이 여권을 보여 달라 맨손을 내미는데도 쫀득쫀득 긴장감이 맴돌았다.

등줄기 땀이 흐르는 기시감. 잠이 덜 깼나, 이번엔 여권을 어디에 뒀는지 기억나지 않았다. 두브로브니크를 들고 날 때 두 번의 여권 심사가 있단 얘기를 들었던 터라 1층 짐칸의 캐리어에 넣지 않은 게 분명한데, 백팩을 아무리 뒤져도 여권이 보이지 않았다. 참다못한 옆자리 아가씨가 헝클어진 수세미 다발이 된 백팩 속 짐을 하나씩 꺼내 보라 권했다.

모자와 선글라스를, 다시 카메라와 핸드폰을, 다시 약봉지와 치약과 칫솔 등 여행자의 삶을 증언하는 내 측근을 몽땅 옆자리로 넘겼다. 꿈이라면 얼른 깨면 좋으련만…. 접혀진 채 백팩 바닥에 납작 엎드러져 있던 버스 티켓 복사본 사이로 녹색 여권이 끼어 있는 걸 발견했다. 에휴~.

국경에 억류되는 단 하나의 불상사 없이, 버스는 다시 기나긴 해안선을 내달렸다. 약 25킬로미터를 지나면 또 크로아티아. 국경이라 해봤자 여권 심사를 제외하곤 별다른 표식이 없는, 절경이라는 점에서는 오히려 같은 나라라 해도 이상할 것 없는 도시들을 지나갔다.

"Are you South Korean?"

붉은 여권을 쥔 옆자리 중국 아가씨가 '남한인이냐'고 물었다. 그 질문이 뭐 하나 잘못된 건 없지만, 가시에 찔린 양 뜨끔했다.

"…Yes."

"반가워요. 친오빠가 지금 서울에 살고 있어서 많은 소식을 전해 듣고 있어요. 동국대학교 재학생이거든요."

아가씨는 핸드폰을 열고, 자신과 닮은 젊은 남자인지 풍경인지를 보여 준다. 아가씨의 오빠라는 청년 뒤로 내가 모르는 서울의 낮과 밤이 흘렀고, 순식간에 서울의 4계절이 지나갔다.

대학 입학 때문에 상경한 서울은 늘 불친절했다. 고속터미널에 내리면 숨 쉬기 곤란했던 탁한 공기가 그랬고, 지옥철이라 불리던 출퇴근길이 그랬다. 광화문과 종로 네거리가 만만해졌을 무렵 카드 청구서에 허덕였고, 고향보다 어마어마하게 높은 집값에 곧잘 질리곤 했다.

이제 나보다 한참 늙어버린 서울은 밭은기침을 하듯 예전보다 더한 미세먼지를 토하고 여전히 고공비행하는 생활비로 심술을 부리지만, 어느새 고향보다 10년을 더 살아버린 도시가 되었다. 지나가듯 도착한 도시였는데, 어느새 내 생(生)이 되어버린 서울.

"서울은 화장실도, 마시는 물도 공짜라죠? 하루빨리 서울에 가보고 싶어요."

휴게실 화장실을 다니러 가며 3쿠나를 준비할 때, 여행자의 마음에 새겨진 서울 얘기를 들었다. 생활인으로서 겪은 서울과 마치 다른 지명 같았다. 과연 나는 서울에 둥지를 튼 것일까.

떠도는 삶

찌이이이이이이~.

차임벨이 힘을 다할 무렵 중년의 아저씨가 마중 나와 2층까지 캐리어를 옮겨 주었다. 할당된 방의 열쇠 구멍에 큼지막한 청동색 열쇠를 꽂아 돌리자, 창밖으로 로마 병정처럼 도열한 초록 나무들이 객(客)을 맞았다.

창 좌측으로는 쓸데없이 큰 더블 침대가, 우측의 욕실에는 최신형 LG 드럼 세탁기와 샤워 부스가, 그 사이 벽에는 흠집마저 고고한 화장대가 저마다의 자리를 지키고 있었다. 그 여닫이 서랍을 열면 최신형 싱글 냉장고가 등장할 터였다. 오래된 것과 새것이 기묘하게 어울리는 스플리트다운 숙소였다.

종이 지도를 펼쳐 도시의 생김새를 가늠하느라 발보다 눈이 바쁜 시간을 맞았다. 사람을 사귀듯, 여행하는 도시의 처음은 물샐틈없는 깍쟁이처럼 느껴지다가도 살아낸 과거를 차차 알아가다 보면 제법 친근해진다.

지도에 표시된 대로, 숙소 근처 북문 가까이 우뚝한 그레고리우스 닌 동상은 까막눈이라도 지나칠 수 없는 8.5미터의 거구다. 라틴어로 예배하던 시절에 바티칸 교황청을 설득하여 모국어인 크로아티아어 미사를 가능케 함으로써 평민에게도 복음을 전했다는 주교의 동상은 오른쪽 엄지발가락이 유난히 반질반질했다. 내세의 복을 설파했을 그에게 현세의 복을 바라는 객이 많이 다녀간 모양이다.

북문을 지나 성으로 들면 곧장 성 돔니우스 대성당을 만날 수 있다. 대성당 앞 열주 광장은 스핑크스의 노쇠함을 틈타 몰려든, 황제나 주피터 신에게 무관심한 카페의 손님들로 왁자했다. 근처 황제의 묘가 있다는 성당 예배당은 결혼식이 치러지느라 동네방네 손님으로 넘쳐났다.

그 오른편의 황제 알현실에서는 네 명의 남자('클라파'라는 이곳 전통 음악 합창단)가 도레미를 맞추고 있었다. 먼저 테너가 입을 뗐고, 또 다른 테너와 바리톤과 베이스의 목소리가 쫓고 쫓기듯 높고 낮은 화음을 이루었다. 가톨릭을 박해했던 황제는 과거의 묘에 갇혔건만, 신을 찬미하는 아카펠라는 맥락 닿지 않는 외국인마저 감동시켰다.

남문 계단으로 내려서면 지하 궁전. 도시의 과거와 무관한 행상의 수레에는 보라색 라벤더 방향제와 붉은 산호 팔찌 등의 기념품이 먼지와 함께 놓여 있다. 어둠에 몸을 감춘 상인들은 권태와 피곤에 절은 낯빛이었다. 야박하게 굴고 싶지 않지만, 그곳엔 여행자의 걸음을 멈추게 할 현재가 없어 띄어쓰기로 했다.

어디에나 존재하는 삶

리바 거리의 한 노천카페에서 밥을 먹고 호젓하게 책을 읽다가, 정면에서 까불듯 끼어드는 해에 눈을 들었다. 어룽거리는 눈으로 주변을 둘러보니 건너편 연인은 과감한 로맨스를 연출하고 있고, 맞은편 세 명의 가족은 단란함보다 먹고 사는 게 우선이라는 각오를 드러낼 양 각자의 접시에 코를 박고 있다. 그 테이블 사이를 익숙한 골목길 산책하듯 돌고 돌아 수북한 담배꽁초에 또 하나를 더하는 노인에게 다가간 웨이터가 솜씨 좋게 맥주병을 내려놓는다. 그 너머로 안경 낀 작은 여인이 지나가고 있다.

"안녕!"

"…?"

"우리 호텔 리셉션에서 만났잖아?"

"아, 안녕."

"너만 괜찮다면 같이 다닐래?"

"…좋아."

어깨로 부딪는 극성맞은 바닷바람에 모자챙을 움켜쥔 채 커플로 붐비는 주말의 리바 거리를 그 여인과 나란히 걸었다. 길 끄트머리의 성 프란시스 교회로 들어서자 누가 먼저랄 것 없이 기도를 드렸고, 다시 교회를 나와 우측으로 난 돌계단을 밟아 마리얀 언덕을 올랐다. 약속한 바 없지만 전망 좋기로 소문난 곳을 찾아다니는 여행자들의 동선은 이처럼 닮을 수밖에 없다.

“알고리즘 프로그래머라니, 멋지다!”

유학 중 만난 미국인과 결혼하여 미국 샌프란시스코에 정착했다는 인도 여인은 나이를 짐작하기엔 너무 앳되어 보였다. 그래도 인도계 미국인 작가인 줌파 라히리는 알고 있겠지.

“미안. 소설책은 잘 읽지 않아.”

어색한 동행이라니, 혼자 다닐 걸 그랬나. 아까처럼 까불던 해가 우리를 따라와, 삐뚤빼뚤 마리얀 언덕으로 오르는 계단이 우리의 대화처럼 음영으로 갈라졌다.

“…이곳 마리얀 언덕은 우리나라 한 방송 프로그램에 소개되어 한국인이 굉장히 많을 거야.”

“근사한 볼거리가 있나 보네?”

“석양이 끝내준대.”

시계를 확인하던 여인이 갸웃했다. 해가 지기엔 이른 오후 4시, 그래도 언덕에서 바라본 풍광은 두 사람의 마음에 쏙 들었다.

“그뤠잇!”

예상대로 여기저기 사진을 찍는 사람들 대개가 한국어를 나누고 있었다. 국적으로나 직업으로나 나이로나 이어지기 어려운 두 여인은 누구에게나 공평하게 펼쳐진 전망을 눈에 담고, 다시 언덕을 내려와 리퍼블릭 광장을 가로질러 카페에 들었다. 바람이 찼던 만큼 한 잔의 핫초콜릿에 경계하던 마음마저 녹아내렸다.

"암스테르담에서 학회를 마치고 이곳에서 남편과 만나 휴가를 보내기로 했는데, 후훗. 결혼기념일에 바람맞았어."

"오우."

이럴 땐 수선을 떨지 않는 게 낫다.

"남편이 친구 생일 파티에 갔다가 곤죽이 되어 출발 비행기를 놓쳤다지 뭐야. 다행히 오늘 밤 9시에 도착하는 비행기를 탔대. 그때까지 혼자였더라면 무척 속상했을 텐데, 널 만나 즐거웠어."

"하하하, 다행이다."

우리 나이가 되면 결혼기념일은커녕 서로의 생일조차 챙기기 번거로워, 하려다 꿀꺽 말을 삼켰다. 좌로나 우로나 심각하지 않은 대화를 나눴고, 그런 의미에서 두 사람 사이에 유리 벽 하나를 끼워 둔 느낌이었다. 보여 주는 것 같지만 정작 중요한 건 각자의 방에 놓아둔 것 같은. 속속들이 알 필요도 없고 그러기에도 짧은 인연이었다.

저녁이 이슥해지자 누가 먼저랄 것 없이 함께 밥을 먹기로 했다. 식당으로 자리를 옮기자, 그녀는 다소 말이 많아졌다. 여행을 좋아하는 그녀 부부는 결혼기념일마다 중남미 코스타리카로 떠났는데 몇 해 전 쓰나미로 그곳이 엉망이 돼 안타깝다고 했다. 또 내가 예정한 동유럽 코스를 다녀봐야겠다고 덧붙였다. 내 핸드폰에 저장된 제주 사진을 보여 주자, 언젠가 제주와 서울을 방문하고 싶다고도 했다.

"가끔, 고향에 돌아가고 싶지 않아?"

내가 그랬다.

"부모님이 그립지만, 현재에 만족해."

과거의 삶은 그것대로, 부모의 둥지를 떠난 지금의 삶도 만족스럽다는 그녀에게 줌파 라이히가 들려줄 이야기는 없는 듯하다.

함께이지만 각자 삶의 숙제 앞에서 고독해질 수밖에 없는 이민자 가족 낱낱의 이야기는 나의 이야기 같았다. 먹잇감을 물어주던 부모 곁을 떠나 제 스스로의 날갯짓으로 살아가는 게 쉽지 않던데, 이전 세대가 그랬듯 둥지 속 새끼를 밀어내는 것도 맘에 부치던데…. 고향을 떠난 처지만 같을 뿐, 아직 이 여인에게 도착하지 않은 미래였고 어쩌면 영영 택하지 않을 삶일 수 있다.

남편을 기다리며 상기된 여인을 숙소 층계참에 잠깐 있으라 하고, 내 방으로 들어가 컵라면을 들고 나왔다. 베지테리언인 그녀의 육식파 남편에겐 문제될 게 없겠지?

"결혼기념일을 축하해."

"고마워."

다니는 내내 거리를 유지하던 여인이 지그시 나를 껴안았다. 예기치 않은 반응에 놀랐지만, 주는 게 남는 거라던 엄마 말이 옳구나 싶은 순간이었다.

따지고 보면 서울이 불친절한 게 아니라 어른으로서의 삶이 전개된 서울살이가 버거웠다. 그 때문에 깍쟁이 같다던 서울에 지지 않으려 마음까지 단속하며 살았다. 집을 장만한 후에, 큰 집으로 이사 간 후에, 아이들 다 자란 후에, 그렇게 제대로 살길 여태 미루었다.

낯선 침상에 드러누워 뜨내기처럼 대충 살았던 내 삶을 돌이켜보며, 하루하루 넉넉한 마음으로 살기로 마음먹었다. 그러자 조만간 돌아갈 서울이 정다운 도시로 떠올랐다.

청춘이 저문 뒤에 깊어지는 시간

크로아티아 ✳ 자다르

유쾌한 홍콩 남녀

낙엽을 쓰는 비질 소리에 귀가 간지러웠다. 게다가 조만간 새소리와 종소리가 들려올 테니, 더 이상 눈을 뜨지 않고는 못 배길 이른 아침, 조식을 구할 겸 산책을 나섰다.

도시는 전날과 다른 모습이었다. 파티를 즐기고 널브러진 젊은이처럼, 늦은 밤까지 홍청대던 리바 거리와 세계적 브랜드 쇼핑몰로 휘황하던 마르몬토바 거리는 깊은 잠에 빠져 있었다. 덕분에 인위적인 조명에 가려졌던 도시의 과거가 위용을 드러내, 어느 골목에 선들 토가 차림의 로마인이 튀어나온다 해도 놀라지 않을 만큼 완연한 고대 도시가 재현되었다.

디오클레티아누스 황제의 방 근처에서 맞는 아침

디오클레티아누스 황제의 방이었다는 곳에 다다랐을 때였다. 텅 비어 내 그림자만 비석처럼 길게 늘어뜨려진 공간으로 태양이 알현하러 있다. 낮으로 내버려져 있던 폐가가 황금빛으로 물들자, 지하의 황제가 기침하며 나타날 것만 같다.

"야옹~"

한 줌 남은 어둠인 줄 알았더니 불침번을 서던 검은 고양이였다.

'도시의 진면목을 보기 전에 떠나다니 아쉽구먼.'

'무르익기 전이라 더 좋았는지 몰라….'

둘의 대화를 시샘하듯 중국인 관광객들이 들이닥쳤고, 고요가 묵사발난 그곳에 더 머무를 이유가 없어진 나와 고양이는 각자의 길로 떠났다.

이날의 방문지는 자다르. 마린보이 느낌의 한 호스텔이 눈길을 끌었다. 아무것 아니어도 내게 특별해지면 의도된 방향이 된다. 그리하여 그곳으로 떠나는 버스에 올랐을 때였다.

"안녕, 혼자 여행해?"

"노, 노, 보다시피 여기 나쁜 남자랑."

건너편 동양 여인의 옆자리에 앉은 흰머리 성성한 서양인 남자가 익살스러운 윙크를 보냈다.

"…남, 편?"

"노, 노! 남자 친구!"

두 사람이 함께 까르륵댄다. 웃는 포인트가 같다는 건 마음이 통한다는 것, 눈이 부실 만큼 부러웠다.

홍콩의 같은 직장에 다니며 동거(?) 기념일마다 여행을 다닌다는 까불까불 10년 차 커플과 여행 얘기를 나누다, 나야말로 무사태평 여행하고 있구나 하는 깨달음과 함께 가족이 그리웠다. 그리고 이틀간 가족 누구와도 카톡을 나누지 않았다는 사실이 사무치는 감정으로 내몰더니, 야속함인지 뭔지가 자석 철가루 엉기듯 들러붙었다.

"괜, 찮, 아."

홍콩 여인이 또박또박 한국어로 토닥였다. 그래도 예삿일이 아닐 수 있는 무소식에 선글라스를 벗고 핸드폰을 살피기로 했다.

"아 유, 오케이?"

함박웃음을 띠고 힘차게 답했다.

"아임 오, 케이!"

하지만 묵묵부답의 핸드폰에는 오케이라 쓸 수 없었다.

차는 세 시간에 다다를 무렵 자다르 버스터미널에 멈춰 섰다. 잠시나마 일행이 된 세 사람이 구시가지 동쪽 '바다의 문'에 들어섰을 때, 갑작스레 덤비는 취객처럼 도심의 왁자함이 달려들었다. 갈 길 다른 홍콩 동거 남녀가 다른 골목으로 떠나갔고, 청춘의 유쾌함도 비칠대며 그들과 함께 멀어졌다.

천사호의 젊은 룸메이트

전 객실이 바다 조망이라는 '부티크 호스텔 포럼'을 찾아 나섰다. 로마 포럼을 마주하고 그 너머 바다를 내려다보고 있는 하얗고

직사각형인 건물은 금세 눈에 띄었다. 환상적인 위치와 늠름한 외양에 흡족했다.

그런데 입구가 어딜까? 계속 헛걸음만 거듭하다가, 이 도시에서 가장 오래되었다는 성 도나트 성당과 마치 한 쌍처럼 서 있는 성 아나스타시아 대성당 종탑 아래까지를 돌고 돌았다. 즈음 전통 자수 수공품을 팔던 거리의 노파들이 안타까운 표정을 지으며 검지를 치켜들 때, 보이지 않던 쪽문이 모습을 드러냈다.

우여곡절 끝에 들어선 호스텔 내부도 기대 이상이었다. 하얀 벽에 파란 줄무늬, 그곳 4인용 도미토리 룸의 주황색 침대 틀 위로 새하얀 이불이 똑떨어지게 깔끔했다. 호스텔은 청년다운 호방함으로 아드리아해를 온전히 받아들이고 있었고, 녹주석으로 반짝이는 아드리아해는 관능적인 여인처럼 창 가득 부풀어 있었다.

대자로 침대에 누워 선글라스를 벗었다. 하지만 얼마 못 가 붙박이 거울에 비친 내 모습을 보고 다시 일어나 앉았다. 마치 하얀 도마 위에 오른 붉은 도미 같지 않은가! 홍콩 동거 남녀가 괜찮은지 물었던 건 붉은 비늘이 낀 듯 충혈된 오른쪽 눈동자 때문이었다. 바다 건너 의사 친구에게 문자로 도움을 청했다.

'유럽이야. 이곳에서 쉽게 구할 수 있는 충혈 흡수제를 추천해 줘.'

'그런 안약은 스테로이드 성분 때문에 의사 처방이 있어야 구할 수 있어. 시간이 지나면 자연히 사라지니 여행이나 즐겨.'

그때였다.

"리얼리? 나도 로마로 가."

고작 베니어판으로 구분되었을 건너편 이층침대에서 또렷한 소리가 들렸다. 소곤소곤, 속닥속닥. 언제까지고 떠들 기세에 낮잠은 물 건너갔다. 그보다, 열린 창문으로 들락날락하는 담배 연기가 1층 카페가 아닌 저들의 소행이라는 게 더 큰 문제였다.

"담배는 휴게실에서 피우는 게 어때?"

속닥속닥 뻐끔대는 청춘을 빤히 쳐다보며, 눈 빨간 도미 아니 내가 입을 열었다. 기생오라비처럼 생긴 말총머리 남자아이와, 한낮의 더위에도 불구하고 그 녀석에게 철썩 붙어 있던 여자아이가 너무 쉽게 "오케이"란다. 그런데 이후로도 소곤소곤, 속닥속닥 변함이 없었다. 호스텔 다인실에서 배드 버그만큼 무서운 게 배려 없는 룸메이트라더니, 난 오케이가 아니라고!

속닥 커플에 내쫓기다시피 거리로 나와, 로마의 도시였다 베네치아의 속국이었다 다시 이 나라 저 도시로 편입되길 거듭했던 속 시끄러웠을 자다르 구시가지를 둘러봤다. 여느 도시처럼 카페 다음 브랜드샵, 약국 겸한 슈퍼마켓, 다시 카페 다음 브랜드샵…. 심심할 만큼 뻔한 대로를 걷다 남쪽 '육지의 문'에 다다랐다.

천천히 걸어도 사람과 부딪히는 주말, 가까스로 카페에 자리를 잡고 지도를 펼쳤다. 제2차 세계대전 후 자다르 재건을 위해 크로아티아 설치 예술가인 니콜라 바시츠가 2005년, 2008년에 각각 만든 '바다 오르간'과 '태양의 인사'를 살필 요지를 눈으로 익혔다. 그리고 카메라를 챙기러 숙소에 들렀을 때, 담배 연기로 망가진

1004호(천사호!) 나의 룸을 발견했다.

프런트 매니저에게 방을 바꿔 달라고 요청했다. 곤란해하던 그는 붉은 동그라미 가득한 캘린더를 띄운 컴퓨터 화면을 보여 주었다. 유명 호스텔에 비수기란 없다. 대신 걸음이 빠른 매니저였다. 성큼 계단을 올라 담배 연기 자욱한 객실을 환기시키고, 성큼 나를 앞질러 여자애들에 둘러싸여 여행담인지 뭔지 모를 이야기로 희희덕대는 말총머리 녀석이 있는 휴게실로 향했다.

"노 스모킹!"

원 투 쓰리, 호스텔 이용 수칙을 읊는 매니저의 목소리를 뒤로 한 채 계단을 내려섰다. 한낮으로 들떴던 거리는 몹시 점잖아졌다. 올려다보니 두드러지게 활짝 열린 룸의 창으로 저녁 바람이 들락대고 있었다. 젊은 말총머리가 몸서리칠 만큼 찬 공기겠다.

청춘이 저문 뒤에

*

말총머리만큼 거침없고 주변의 눈을 크게 신경 쓰지 않던 젊은 날엔 청춘을 보증수표마냥 세상을 떠돌았다. 지금은 핸드폰이 만능이라 홀로 배낭여행이 별건가 싶지만, 당시는 우발적 사건 사고가 제법 많았는데도 말이다. 거리낄 게 없던 만큼 제멋대로인 점도 있어, 일본 배낭여행 땐 현지인의 기차 자살 소동으로 기차가 지연되어 다음 장소로 이동할 기차를 놓치곤 경비가 없다며 억지를 부려 오사카 역장실에서 하룻밤을 신세지기도 했다.

2000년 태국 여행 때 방콕의 밤 버스를 타고 오른 북부 치앙마이에서의 첫날, 시내 어느 사원에서 맞닥뜨린 현지 청년에게 다짜고짜 시내 투어를 부탁한 것도 호기로운 젊음이어서 가능했다. 오토바이로 움직이던 청년은 이방인의 제안을 수락했고, 그는 전문 가이드인 양 들르는 사원마다 시시콜콜한 설명을 토했다.

시내로부터 한참 떨어진 황금 사원에 가기 전에 선약이 있다는 그를 따라, 그가 다니던 대학교에 들렀다. 그리하여 두 사람이 함께 치앙마이대학교의 한 강의실에 들어섰을 때, 의외의 손님에 놀람과 질책이 섞인 분위기가 맴돌았다. 물론 세미나는 속행되었고, 커다란 도시 모형에 불이 켜지는가 싶더니 이내 강의실은 진지해졌다. 때는 2월, 치앙마이 꽃 축제에 함께하는 모양인지 어떤지 열심인 청년을 보며 기특해하던 기억이 남았다.

약속대로 왓 프라탓 도이수텝 황금사원에 도착했을 때, 그는 알고 있는 걸 부려놓느라 열심이었고 나는 죄다 알아듣는 척하느라 애썼다. 이래저래 지친 두 사람은 시내로 돌아오는 길에 캠퍼스 내 앙깨우 호숫가에서 쉬어 가기로 했고, 두서없는 얘기를 나누었다. 와중에 나는 외교관을 희망하던 청년을 응원했던 것 같고, 청년은 떠도는 여행자를 동경하듯 바라봤던 듯싶다.

그의 도움으로 현지 특산품을 사고 저녁을 함께 나눈 후 늦은 밤 숙소로 돌아왔을 때, 하루 종일 가이드를 맡았던 녀석의 친절에 두 끼 밥이 미안해져 한국산 달달 커피를 대접하겠다고 했다. 당시 녀석은 과하다 싶을 만큼 손사래를 쳤고, 할머니가 기다리는 집으로 서둘러 돌아가야 한다는 청년에 나는 선선히 그러라고 했다.

다음 날 예정된 트레킹 코스대로 코끼리와 뗏목을 타고 그곳 소수 민족인 카렌족 마을까지를 탐방한 후 또다시 밤 버스로 남쪽 방콕으로 돌아갔다. 그곳에서 새 친구들을 만났다 헤어졌고, 경유지였던 홍콩에 당도했을 땐 여행비가 바닥나서 한국 간호사 친구들에게 빌붙어 사흘을 지냈다. 분방한 청춘이었다.

긴 여행을 마치고 회사로 복귀했을 때, 오토바이 씨로 기억하는 청년의 이메일이 기다리고 있었다. 다음 날 숙소를 다시 찾아왔다는 내용이었다. 그리고 몇 차례 안부를 묻던 오토바이 씨의 메일은 서툰 연가(戀歌)로 변해 갔다.

회사 동료에게 사연을 들려주고 상담했을 때, 늦은 밤 커피 타임 제안이 오해를 샀을 거라는 말을 들었다. 때마침 탤런트 이영애 씨가 극중 결혼 전 태국 여행길에 만난 남자(이경영 분)와의 사랑을 그린 드라마 〈불꽃〉이 화제여서 한동안 놀림도 받았다. 의도치 않은 불장난에 어쩔 줄 몰랐던 나는 함께 찍은 사진을 보내지 않는 걸로 답장을 대신했다.

*

활짝 핀 줄도 몰랐지만, 어느새 지고 있을 줄이야.

총총했던 청춘은 시들고, 그 마지막 여행에 닿았던 마음이 부우우우 호르륵호륵 후후후, 자다르 해변의 계단 아래 수직으로 꽂혀 있다는 27개 오르간 파이프 소리에 흩어졌다. 파도가 들이칠 때마다 간헐적으로 우짖는 소리는 마치 바다 깊은 동물원 우리에 갇힌 청춘의 비명 같았다.

그때 한 무리 새가 육지로 날아들고, 뜨겁게 달아오른 해가 바다로 곤두박질치기 시작했다. 박물의 도시를 불사를 듯 타오르는 해를 카메라에 담는 사람들과, 저무는 하루가 아쉬운 연인들과 기억도 가물가물한 많은 사람들이 해를 삼키는 바다 위 차갑게 식어가는 하늘을 함께 바라봤다. 일몰은 찰나였지만, 시시각각 변화무쌍한 모습이 무척 아름다웠다.

이석증 발발 이후 삶이 단조로워졌다. 커피를 하루 한 잔으로 줄였고, 술을 끊었으며, 본의 아니게 여러 관계가 정리되었다. 애주가가 아닌데다 혼자 즐기는 법을 터득한 나이라 그런 건 아무래도 상관없었다. 다만 좋아하는 일에 열심을 내지 못하는 건 힘든 일이었다. 쓸모를 다하고 폭삭 늙어버린 것만 같아 젊은 날이 저문 걸 한탄한 적이 한두 번이 아니었다.

그렇게 노력해도 극복할 수 없는 세계가 생기면서 얻는 것도 있었다. 남다른 형편에 눈길이 가고 제각각인 입장들이 어지간해선 이해되곤 했다. 뜨거운 날에 몰랐던 걸 차가워진 후에 알게 되면서, 바깥으로 확장하려던 기세를 잃은 대신 안으로 깊어질 기회를 얻었다. 그렇게 인생은 빛을 잃어가는 와중에 다른 마련을 하고 있었다.

매캐한 매연 냄새와 알싸한 쥐똥고추와 함께 젊었던 모습 그

해 진 후 자다르 바닷가

대로 앨범에 남아 있는 오토바이 씨도 나만큼 주름이 졌겠지. 청춘의 마지막 여행을 착오 없이 지나게 해준 청년이 가물가물한 밤, 모

쪼록 그도 우리 모두의 청춘이 그렇듯 찬란한 한때를 보듬고 밤하늘 깊어지는 별처럼 반짝반짝 살아가기를 기도했다.

삶이란 나를 키우는 숲

크로아티아 ✳ 플리트비체

누구에게나 허락된 숲

밤의 복도를 따라 휴게실 말총머리 목소리가 기어들 때마다 베개에 머리를 짓이겼다. 그래서 오스트리아 단체 투숙객으로 왁자했던 자정 무렵, 내 침대 2층에 올랐던 여학생이 샤워 후 한 줌 빛도 허락할 수 없다는 듯 방문을 단단히 잠갔을 땐 공범자다운 미소가 떠올랐다.

한참 후 말총머리가 문을 열어달라며 복도에서 난리를 쳤다. 그리고 2층 여학생이 그야말로 고양이가 쥐를 잡듯 사뿐 계단을 내려와 걸쇠를 풀던 일, 벌컥 문이 열리며 대판 싸움이 날 줄 알았는데 거대 그림자에 포획된 말총머리가 제 잠자리로 조용히 기어오르던

일 등이 꿈인 양 생시인 양 지나고 쨍, 아침이 밝았다.

코를 골던 말총머리와 이번에는 상관치 않겠다는 듯 꿈쩍 않던 여학생을 남겨 두고 아드리아해와 일별하러 숙소 밖으로 나섰다. 이 도시 최고령자라는 성 도나트 성당 앞 돌 벤치에는 푸르스름한 아침 공기가 오래된 시절을 꿈꾸고 있었고, 로마인이 섬겼다는 제우스상과 이름 모를 신상 들은 그야말로 이야기로만 남아 그조차 믿지 않을 갈매기 발아래 놓여 있었다.

아침의 자다르는 빈집, 만들다 버려둔 장난감 레고 블록처럼 축대가 무너지고 병정 인형 하나 없는 도시였다. 중세 항구도시로 번성했던 자다르는 제4차 십자군전쟁과 제2차 세계대전 때 아수라장이 되었다는데, 전쟁 전부터 지금껏 높다랗게 솟은 '수치의 기둥'만큼은 녹슨 고리까지 고스란히 남아 인고의 시간을 매달고 있었다.

어제의 길을 되짚어 시외버스터미널에 도착했다. 티켓을 문의하는 사람들, 지도를 펴고 일정을 따져보는 사람들, 신문을 펼친 채 옆 사람과 안부를 나누는 사람들, 그 사이로 아침을 구하는 비둘기 떼와 함께 내 캐리어는 시동 건 버스와 도착하는 버스 사이를 들락거렸다.

한참 버스를 기다리다 다시 움직일 때, 먼발치의 낯익은 그림자에 벼락을 맞은 듯했다. 큰 모션에 소음을 더하며 난장의 정류장을 더욱 속 시끄럽게 만드는 무법자는 누구도 아닌 말총머리와 속닥 그녀였다!

더한 낭패는 그들이 한참을 먼저 도착한 나와 같은 버스에 앞서거니 뒤서거니 올라탔다는 거였다. 이 무슨 해괴한 인연인지, 2시간 지나 플리트비체에 내릴 때도 두 사람이 함께였다.

평일 오전 10시에 플리트비체 국립공원을 방문하는 사람이 많다는 건 그나마 다행이었다. 110쿠나의 입장권을 사는 줄에 얽히고설키자, 더 이상 그들의 웃음소리가 들리지 않았다. 그들과 한참 떨어질 생각으로 인포메이션까지 들러, 머리 희끗한 아저씨를 택해 다가섰다. 그의 볼펜 돌리는 솜씨가 끝내줬다.

"트레킹 코스를 추천해 주실래요?"

"…C 코스가 좋겠군요. 표를 주시면 설명해 드리죠. 좋아요. 여기가 입구고, 이리로 올라간 후 선착장에서 배를 타고…."

부근에서 숙박한다면 가장 긴 K 코스를, 5시간 이내 다닐 참이라면 H나 C 코스, 두세 시간밖에 없다면 A나 B 코스를 추천하는 모양이었다. 이 중 C 코스는 H에 비해 풍광을 바라보며 걷는다는 점에서 좋다던 아저씨는 숲에서 헤매지 않도록 표 뒤의 간략한 지도에 선을 긋고 번호를 매겼다. 역시 볼펜을 제대로 쓸 줄 아는 사람이다.

"감사합니다. 그런데 짐 보관소는 어디에요?"

어깨를 으쓱하는 인포메이션의 또 다른 안내인이 누군가 짐 보관소 열쇠를 가져가선 몇 분째 감감무소식이랬다.

열쇠를 기다리던 세 일행에 내가 더해졌다. 그때 인포메이션의 닫힌 문밖으로 자다르의 속닥 커플이 지나갔다. 바로 옆 화장실에 들를 모양이었다. 때마침 볼일이 급했지만 캐리어를 어쩌지 못해 다리를 꼬았다.

숲을 향하기 전 화장실을 다니러 가는 줄도 상당했다. 그래서인지 한참 만에 다시 나타난 자다르의 속닥 커플이 하필이면 인포메이션으로 방향을 틀었다. 설마~.

"여기 있어요."

배려 없고 염치없는 커플을 수치의 기둥에 매달았어야 했는데, 홍 칫 뿡이다!

인포메이션에서 채 5분도 걸리지 않는 짐 보관소에 다다라 문을 열었다. 오두막의 빛 드는 시렁마다 노랑, 빨강, 파랑 색깔도 요란하니 다국적일 게 뻔한 캐리어와 배낭이 빼곡했다. 두리번두리번, 커플의 배낭을 수색해 내동댕이치려다 서울에서 김 서방 찾기 식의 황망한 짓은 하지 않기로 했다. 누구에게나 허락된 숲이니, 사소한 심술일랑 내려놓고 가볍게 출발하기로 마음먹었다.

금단의 숲

*

숲은 아이들의 놀이터여야 했는데, 어른들은 한사코 고향 집 근처 덤불 우거진 그곳에는 가지 말라고 했다. 하지만 진짓기·구슬치기·딱지치기가 시들해지면 숨바꼭질 놀이로 하루를 진탕 놀았던 어린 나와 친구들은 호시탐탐 그곳을 노렸다. 들어가지 말라던 그곳에 숨으면 절대 술래가 될 수 없겠단 생각에서였다.

그때 한 녀석이 숲속 그 땅에 숨어들었다는 소문이 돌았다. 그런데 단속하는 관리인한테 들키는 바람에 발가벗겨진 채 페인트칠까지 되어 제대로 걸어 나오지 못했단 얘기와 함께, 그 숲에 수백 년 된 황금 물고기를 키우는 어장이 있다는 얘기가 곁들여졌다. 그곳은 더욱 비밀스러운 땅이 되었다.

지금은 진해 내수면생태환경공원이 된 그 땅은 일제 강점기인 1929년부터 양식 어종과 생태 환경 등을 연구하고 관리하던 양어장이다. 돌이켜 생각해 보면 어린아이들의 상상에 불과했지만, 당시엔 소문의 사실 여부를 확인하고파 안달이 났다. 하늘도 그 간절함을 눈치챘는지, 양어장 관리소장네 큰딸과 면을 트게 되었다.

고갯마루에 위치한 정문을 통과해 당당하게 관리소장의 사택인 친구 집에 도착했을 때, 복병은 따로 있었다. 관계자 출입 금지 구역인 양어장으로 접근하려면, 호기심 왕자에 고자질쟁이인 친구의 남동생을 따돌려야 했다.

숲에서 숨바꼭질을 하다 황금 어장으로 몰래 내려갈 계획이었으나, 나보다 오래도록 숲을 벗한 남자아이를 떨쳐내기엔 한참 모자란 생각이었다. 그 어린 녀석이 나무 높은 곳에 타고 올라 도망하려던 우리를 정찰하고, 죽은 나무둥치에 숨어들었다 달아나려던 누이들의 뒷덜미를 잡을 줄이야. 결국 쑥을 캐러 가겠다며 바구니를 들 무렵, 친구의 어머니가 날다람쥐 같던 남동생을 품어주었다.

숲길은 생각보다 험해서 오르는가 싶으면 내려가고 내려가는가 싶으면 다시 올랐다 꺾였다. 가던 길에 고사리는 왜 그리 많던

지, 친구는 그것도 뜯자며 시간을 지체했다. 얼른 어장을 둘러보고픈 마음도 모르고 숲길은 이어졌고, 여기저기 송충이 거미 등속의 숲속 친구들에 걸음은 점점 더뎌졌다.

마침내 쑥색 들판, 쑥이든 풀이든 닥치는 대로 뜯고 그 옆으로 난 어장에 들어갔다. 처음엔 겁먹던 친구도 황금 물고기 얘기를 듣고는 단속하는 이 없는 어장에 함께 잠입했다. 한두 군데가 아닌 어장을 모두 살피기 위해 잠깐 헤어지기도 했다. 여기도 없고 저기도 없고, 고기들은 팔뚝만 하니 어시장에서 본 듯 아닌 듯 갈색 주황색 검은색 천지였으나 황금 물고기만큼은 찾을 수 없었다.

그 후 몇 번이고 남동생과 놀아주고 숲길을 헤맸으나, 소금쟁이와 물방개와 황금빛 물고기 정도만 발견했을 뿐이었다. 그마저 관리소장이던 친구네 아빠가 전근을 가면서 그 땅은 다시 금단의 구역으로 돌아앉았다.

황금 물고기는 내 인생을 희롱한 첫 번째 무지개였다. 무지개는 이런저런 모습으로 매양 바뀌었지만, 황금 물고기만큼 나를 들쑤신 게 또 있을까 싶다. 그리고 다시 숲을 찾기까지 꽤 오랜 세월이 흘렀다.

*

삶이란 나를 키우는 숲

플리트비체 호수 국립공원 또한 크로아티아에 속한 땅이라, 오래전 로마인을 거쳐 동로마 제국, 오스만 제국, 오스트리아 등 많은 나라의 차지가 되곤 했단다. 그들 국경이야 어찌 됐든 상관없이, 수천 년 동안 카르스트 지표면으로 흐르던 강물은 석회암과 백악의 층적에 의해 막혔다 흐르고 막히길 거듭하여 크고 작은 에메랄드빛 호수 16개를 탄생시켰다.

1979년 유네스코 세계유산으로 지정되었다는 입구 표지판을 훑고 얼마 걷지 않아, 1,280미터 벼랑 아래에 나무줄기를 기어가는 개미 떼처럼 색색의 인간들이 한 방향으로 움직이는 모습이 보였다. 그 꿈틀대는 선은 갈라져 우측, 이곳에서 가장 높고도 많은 수량을 자랑한다는 벨리키 슬랩(폭포)에서 또아리를 틀었다.

그들처럼 해발 630미터라는 벨리키 슬랩을 돌고, 코스대로 코즈악 호수까지 올랐다. 그리고 인포메이션 볼펜맨의 추천대로, P3라 표기된 선착장에서 점심을 먹고 배에 올라 P2로 이동한 후 다시 걸었다. 이제 작은 호수를 지나 S3라 표기된 정류장에서 셔틀을 타고 출입구 2를 통과하면, 다시 출발점인 출입구 1에 도착하게 된다. 계획대로라면 예약된 늦은 오후의 버스를 타고 자그레브까지 무난히 이동할 수 있다.

폭 1미터 나무 데크의 이끼 많은 숲길은 미끄럽기도 하거니와, 한국의 숲에서 으레 만나는 난간 가름막 하나 없었다. 게다가 할아버지와 할머니로부터 수학여행을 온 현지 학생들, 갓난아이를 업은 젊은 부부와 수많은 관광객들에 막혀 제 보폭대로 걷기가 수월하지 않았다.

까짓것, 버스를 놓친들 어떠랴. 앞질러 서두르기보다 천천히 걷고 시시때때 머무르기로 했다. 그러자 지도에 표시되지 않은 장소가 눈에 들어왔다.

숲을 다시 만난 건 집안 난리에 정강이를 걷어차이고 경력 단절 후 다시 시작한 직장 생활에 무릎이 꺾일 때였다. 주접을 떨어도 부끄럽지 않을 곳이 필요하던 그때, 가족의 요구가 들끓는 집을 나와 무작정 버스를 타고 사람 드문 정거장에 내렸다. 숲길이 시작되는 곳이었다.

들짐승처럼 떠돌며 우짖던 많은 날이 지나고, 북한산 중턱의 승가사에선지 문수사에선지 고고한 목탁 소리가 들려왔다. 다시 한두 해가 흘렀고, 사람을 다독이는 숲이 보이기 시작했다.

개나리, 진달래 등 갖은 화관을 들쓰는 봄의 숲은 갓난아이처럼 경이로웠다. 푸덕푸덕 살이 올라 풀마저 빼곡한, 매미와 뻐꾸기와 뜸부기까지 저 잘났다 짖어대는 여름 숲은 날뛰는 청년처럼 사정없었다. 제멋 부릴 줄 아는 가을 숲을 거쳐, 열매와 잎 모두를 내어주고 빈 가지인 겨울 숲은 비우고도 큰사람인 노년 같아 또 한 번 마음을 앓았다.

그렇게 숲은 다시 봄을 살겠지만, 인간은 그렇지 못하다. 그러니 한 번뿐인 인생을 순리대로, 앞으로 난 길대로 받아들이며 살아야겠다고 하산하는 길마다 얼마나 다짐했던가.

"오우, 유진!"

4시간 숲길이 끝나고 출발점에 당도했을 때였다. 스플리트에서 하루를 함께한 프로그래머 인도 여인을 다시 만났다. 자그레브로 곧장 오르려다 이곳에 들렀다는 그녀 또한 C 코스를 택했다.

"Nice to meet you."

이미 한바탕 트레킹을 즐긴 사람처럼 티셔츠 흥건히 땀에 젖은 그녀의 지각생 남편이 손을 내밀었다. 내 이야기를 들었다는데, 과연 어떤 에피소드일까? 남편들 뒷담화 외 별로 나눈 얘기가 없는 것 같아 쑥스러워하며, 가을이 한참 먼 부부를 배웅했다.

그러고 보니 숲은 계속 이어지고 있었다. 황금 물고기를 품었던 숲으로부터 오르락내리락 길을 내어 한창 가을로 물든 오늘에 이르기까지, 숲은 내 안에서 나와 함께 자라고 있었다.

그 숲길을 다 걷고 나면 좀 더 단단한 나무가 되어 있겠지. 내 안에 또 다른 무지개가 떠올랐다.

가족과의 밥상이 그리운 저녁

크로아티아 ✳ 자그레브

멀고 먼 모이돔(Moj Dom)

음식만큼 치명적인 향수가 있을까?

플리트비체 공원 안 너도밤나무인가 삼나무인가 아무튼 낙엽 폭신한 그루터기에서 사과를 베어 먹다가, 신김치를 송송 썰어 넣고 꽁치랑 두부를 함께 넣어 팍팍 끓인 김치찌개를 떠올렸다. 빗장이 열리며 고향의 먹거리가 우후죽순 머릿속을 메웠고, 그날의 숙소를 취소하고 한인 민박으로 바꿔 예약했다.

19.5헥타르의 녹색 정원이라는 플리트비체 공원을 떠나 크로아티아의 수도인 자그레브에 도착한 순간 후회가 덮쳤다. 여행의 나날만큼 묵직해진 캐리어 때문이었다. 캐리어를 잡아채는 돌바닥

과 씨름하며, 밥이 뭐라고 시외버스터미널 가까이 호텔 예약을 취소했을까 한심해했다.

파란색 트램이 지나가고, 만두세바츠 분수 옆 오래된 동상이 모습을 드러냈다. 합스부르크 제국 시절 2인자였던 헝가리가 민족혁명을 전개하며 헝가리화 정책을 펼칠 때 크로아티아도 이에 맞서 민족운동을 벌였는데, 당시 군대를 이끌어 헝가리를 물리침으로써 이 나라 영웅이 된 요셉 옐라치치 장군의 동상이었다. 그의 쭉 뻗은 반달칼이 객을 겨냥하고 있는 이곳은, 그러니까 도시의 심장부인 반 옐라치치 광장. 금세 변덕을 부려, 한식 저녁을 파는 민박을 선택하길 잘했다 싶었다.

도심의 약국과 꽃집을 지나고 빵집들과 갖은 카페들을 지나, 더 이상 못 가겠다 싶을 때, 카페의 초록색 차양 위 2층 창문에 붙은 모국어에 현기증이 일었다.

'모이돔(Moj Dom)', 내 집이라…. 기세 좋게 1층 카페의 술과 담배로 어지럽혀진 테이블 사이를 비집고 들어가 초인종을 눌렀다. 드디어 밥이다!

캐리어 뒤로 육중한 나무 대문이 닫히자, 이방의 소음이 사라지며 2층으로 뻗은 철 계단이 나타났다. 좋아, 저 위로 캐리어를 끌어올리기만 하면 흰밥에 무엇이라도 먹을 수 있겠군. 안간힘을 쓰고 계단을 올랐을 때, 두 손을 맞잡은 한국인 여사장이 마중을 나왔다.

여사장을 따라 복도 끝의 객실로 들어서자, 물기 바짝 마른

신식 주방이 객을 맞았다. 거기에 새것으로 보이는 큰 냉장고가 있었다. 속이 텅 빈 냉장고를 보니 더욱 허기졌다.

오후의 해로 꽉 들어찬, 여성 전용 도미토리 룸의 이층침대들은 간택을 기다려 차림을 단속한 색시처럼 다소곳했다. 그때 아래 카페에서 도둑처럼 담배 연기가 기어올라, 여사장은 수선을 떨며 창문을 닫았다.

서울에서 반나절 길, 자정 넘어 도착해도 친정집에선 밥상부터 차려줬으나, 자그레브 '우리집'은 그날따라 객에게 팔 저녁밥이 없다 했다. 물에 만 밥에 쪽김치라도 원했건만 쩝. 사라진 신기루에 입맛을 다셨다.

"2박이시죠?"

경유지에 불과했던 자그레브는 밤으로 머물고 새벽녘에 떠날 계획이었다. 하지만 무리할 수 없는 나이, 심상찮은 날씨를 핑계 삼아 푸지게 먹고 쉴 생각이었다. 그런데 배는 고프고, 홀로인 객실은 아늑함과 동떨어진 풍경이라 선뜻 답하지 못했다.

"여기 트칼치체바 거리는 신홍 카페촌으로 핫한 곳이에요."

이곳 민박집을 찾으며 궁시렁궁시렁 지나온 길이다. 여사장은 민박집을 나서서 이 길의 북쪽으로 좀 더 오르면 사탄을 물리쳤다는 세인트 조지 동상을 만날 수 있다고 알려줬다. 또 거기서 좌측으로 돌면, 1731년의 대화재에 소실되지 않은 성모 마리아 그림이 영험하다 여겨져 세워진 예배당과 스톤 게이트를 찾을 수 있다고 했다.

그다음 볼거리는 성 마르코 성당이랬다. 왼쪽으로 크로아티아 통일 왕국 문장이, 오른쪽으로 자그레브 문장이 직조된 태피스트리 같던 성당 지붕은 익히 사진으로 봤다. 이어지는 여사장의 멘트는 빨리 돌아가는 녹음기처럼 막힘이 없었다.

밖을 서성이던 한 아이가 여사장의 품을 파고들었다. 배고프다며 칭얼대는 아이는 이 집의 외동아들인 겸이었다. 덕분에 여사장의 멘트는 아까보다 좀 더 빨라졌다.

세상에서 가장 짧다는 우스피냐차 푸니쿨라, 숙소 근처 돌라체 시장, 108미터 높이 고딕 양식 첨탑과 내부 스테인드글라스가 인상적이라는 자그레브 대성당 등을 동그라미 친 여사장은 서둘러 객실을 나섰다. 관광 정보보다 맛집 정보를 캐물어야 할 어스름 무렵, 모자가 빠져나간 객실의 덜 닫힌 현관문으로 저녁 바람이 들락거렸다.

저녁을 구하러 나설 때 민박 사장네 현관 앞 크고 작은 샌들이 제 집에서나 행세하는 방만함으로 나뒹굴고 있었다. 이곳은 민박 여사장을 포함한 세 사람의 일상이 머무는 집, 그 언저리에 잠시 머물다 떠날 객의 입으로 저녁을 탐하는 침이 고였다.

한밤중 목엣가시

"어젯밤 잘 주무셨어요?"

그러고 싶었죠. 그런데 하필 어제, 민박집 1층 카페에서 누군

가의 생일 파티가 열렸더라고요. "해피 버스데이 투 유~" 하며 떼창을 부를 땐 저도 모르게 따라 불렀죠. 하지만 카페의 폐점 시간이라던 새벽 2시까지 난장을 쳐서 꽤나 뒤척였네요….

물론 속엣말이었다. 사실 밤새 켕기던 사정은 따로 있었다.

엊저녁 민박집 저녁을 탐하다, 서울 우리 집으로 전화를 넣었을 때였다. 이곳에 적응한 시계가 저녁 다섯 시를 가리킬 무렵, 저쪽은 이미 자정을 넘었겠다 싶어 전화를 끊으려던 참에 "여보세요."란다. 작은아이였다.

"아들? 밥은 먹었어?"

어째 이 질문이 먼저였을까.

"엄마, 엄마? 히잉, 왜 이렇게 늦게 전화해? 오늘~."

어쩌고저쩌고, 마치 옆자리에 누워 있기라도 한 듯 하루를 읊조리는 작은아이. 쌍둥이 형에 대한 불만이 화제였다. 간만 통화가 길어지자, 미주알고주알 나의 잔소리도 엿가락 늘어지듯 길어졌다.

"밥 잘 먹고, 자기 전 양치질하고, 아빠한테 학교 알림장 보여드리고, 숙제랑 준비물 잘 챙겼나 봐달라 하고…."

"알았어, 알았어."

"엄마 돌아갈 때 선물 많~이 사 갈게, 뭐 갖고 싶어?"

"음… 엄마는 언제 와? 달걀햄볶음밥이랑 국물떡볶이랑 다 먹고 싶단 말이야, 히잉."

턱, 아이의 볼멘소리가 목엣가시로 걸렸다.

우리 가족 시절 좋던 때에는 주말마다 가까운 숲에서 멀리 왕산해수욕장, 만리포해수욕장, 망상해수욕장 등지로 캠핑을 다녔다. 호기심 많은 사내아이들 놀이터로서 집 밖은 어떤 곳이나 다 좋았기 때문이다. 늦잠 자던 아이들도 캠핑 날만큼은 일찍 일어나 장난감을 챙겼다. 부족을 가장한 캠핑장에서 소꿉장난을 하듯 음식을 해 먹으면 여느 요릿집보다 맛있는데, 간밤에 아이가 전화로 말한 음식은 당시의 단골 메뉴들이었다.

그 떨떠름한 자각을 삼키듯 밥을 넘겼다. 흰밥에 된장국, 프랑크 소시지 볶음과 밍밍한 달걀말이 차림이라니 아무래도 민박집 아들에 맞춘 식단 같다. 그것마저, 무엇보다 앞섰을 엄마의 마음 같은 걸 떠올려 부족한 스스로를 돌아보게 했다. 하여 추적추적 비 뿌리는 복도를 지나 객실로 들었을 땐, 날씨만큼 심상찮은 마음이었다.

하루하루 쫓기던 일상의 시계 밖으로 놓여난 지 꼬박 1주일. 홀로 떠도는 익명의 삶이, 자발적으로 낯선 자가 됨으로써 관계의 그물에서 놓여난 삶이 앞으로도 곱절은 이어질 것이다. 이 시간을 달콤하게 여겼건만, 이날만큼은 가족과 함께 밥을 나누고 싶었다. 추억의 음식과 함께 저 멀리 떨어져 있는 가족 생각에, 사막 같던 마음으로 비가 내렸다.

가족이어서 애쓰는 마음

차양을 두드리는 빗소리가 자장자장, 가물가물….

얼마나 시간이 흘렀을까? 시끄러운 현관 밖을 내다보자, 청소를 마친 메이드가 짧은 목례를 건네며 끽연을 즐겼다. 담배 연기를 따라 올려다본 하늘엔 비가 그쳐 있었고, 오후의 마음도 활짝 갰다.

반나절 자그레브 여행의 첫 방문지는 스톤 게이트였다. 측벽 가득 '감사합니다'란 뜻의 크로아티아어 'HVALA(흐발라)'가 갖가지 모양으로 새겨진 석판이 눈에 띄어 사진에 담았다. 언덕을 오르니 마르코 성당, 빨갛고 하얗고 파란 이 나라 문장 위로 지역별 문장이 예뻐서 찰칵, 푸니쿨라 지나 로트르슈차크 타워를 찰칵, 기념품이 즐비한 거리 마켓을 찰칵, 스트로스메이어 산책로에 올라 포복하고 있는 구도심을 찰칵. 흐음, 제 속을 쉽사리 보여 주지 않는 이 도시는 지나가는 게 마땅했을까.

"와 찍으라는 사람은 안 찍고…!"

숙소로 돌아가며 다시 마르코 광장에 들어섰을 때다. 볼멘소리의 경상도 억양이 반가워 돌아보니, 까만 머리가 어색한 연배의 아주머니가 이죽거리고 있다. "문디 아이가."

먼저 자리를 뜨는 그분을 아랑곳하지 않는 아저씨는 버버리 체크 상의에 초록색 치노 팬츠 차림의, 잔뜩 멋을 낸 여행자다. 아저씨는 자기보다 더 세련된 카메라로 사방팔방 풍경을 담느라 정신이 없다.

부부가 함께 지낸 세월만큼 다정해질 수 있다면 얼마나 좋을까. 서울 우리 집에 있는 친정 부모님 사진을 볼 때 그런 생각을 했다. 가장자리 누렇게 바랜 그 사진에 등장하는, 마르코 광장에서 만난 노부부만큼 연세 든 두 분을 바라보면서 말이다.

그 사진 속 엄마는 뽀글대는 파마머리에 꽃 자수 니트와 주름 잘 잡힌 치마를 차려입고 있다. 30년도 더 지난 진해 군항제의 초롱불은 여전히 밝혀져 있고, 백구두 백색 슈트 차림의 멋쟁이 아버지는 한 팔을 들어 엄마의 허리를 살짝 두르고 섰다.

다정함을 가장한 그 사진에서 무엇보다 내 마음을 사로잡은 건 억척 엄마에게서 보기 드물던 미소와 수줍은 여인의 마음 같은 거였다. 억척 엄마도 사랑받는 여자를 기대하며 살았던 걸까.

길에서 만난 또 다른 한국인과 동행이 되어 돌라체 시장으로 향했다. 우리가 그곳에 도착했을 때는 빨강 파랑 하얀 원이 동심원처럼 펴진 세스틴스키 우산이 거의 접혀질 무렵이었다. 댕그렁 종소리를 듣자마자 지남철에 이끌리듯 자그레브 대성당에 들어갔다.

각자의 시간을 보낸 후 대성당 옆 1880년 자그레브 대지진 때 멈춰 섰다는 벽시계 앞에서 다시 만난 동행은 훌쩍, 눈물을 보였다. 벽시계를 바라보던 그녀는 역사 속 아비규환뿐 아니라 흘러가지 않은 자신의 일이 떠올랐던 모양이다.

아픔을 겪고 나면 타인의 상처에 무심하기 어렵다.

숙소를 나설 때 추천받은 레스토랑에 찾아가 송로버섯 스테이크에 문어 샐러드며 와인까지, 화려한 밥상을 주문했다. 그리고 두런두런, 다독다독, 잠깐의 식구(食口)가 되어 마음을 나누었다.

사회생활이라면 하지 않을 행동을 가족 앞에선 거리낌 없이 드러낼 때가 많다. 허물없다는 미명하에 가족 간 끼쳤던 상처는 또 얼마나 많은지. 딸이어서 유린했던 친정 엄마의 마음에 미안했고, 엄마여서 함부로 했던 아이들의 상처 등이 여러모로 사무쳤다. 가족이어서 더욱 애쓰는 마음, 그 마음을 붙들지 못하고 살았다는 미안함에 눈물이 날 뻔했다.

돌아가면 아이들 좋아하는 밥상을 차리고 싶어졌다. 아이들이 자라 그 밥을 기억하며 세상 어려움을 버틸 수 있도록 단란함을 차려내고 싶어졌다. 그리하여 집으로 돌아갈 조약돌 하나 건넨 자그레브가 마음 한구석 따뜻하게 자리를 잡았다.

당신의 꿈에 주문을 걸어

오스트리아 ✳ 잘츠부르크 1일

음악 거장들의 도시로

아침 6시 55분 기차는 예상외로 북적였다. 이쪽저쪽 신문이며 커피를 든 사람들을 제치고 예약석을 찾느라 조바심을 내던 나는 영어로 활자화된 내 이름을 발견하고 그제야 안도감을 느꼈다.

"음악의 도시라니, 빈에 가는구나?"

통로 건너편 좌석에 앉은 루비가 물었다. 자그레브에 살고 있는 중국인 유학생인 그녀는 자신을 방문한 엄마와 함께 루블랴나로 여행을 떠나는 길이었다.

크로아티아에서 폴란드로 향하는 여정이니 오스트리아의 빈을 지나는 게 지름길이겠지만, 개인마다 사정이 있고 홀로 여행은 많은 걸 포용한다. 게다가 우리의 기차는 슬로베니아의 국경인 도보바역에서 여권 심사를 거친 후 류블랴나와 다시 국경인 예세니체를 지나 빌라흐, 잘츠부르크를 찍고 뮌헨 중앙역에서 멈출 예정이어서, 빈은 예정 밖의 도시다.

국경을 넘자, 잉여의 궤도를 내달듯 창밖으로 느긋한 풍경이 펼쳐졌다. 7시간의 기차 여행에 좀이 쑤신 나는 비어 있던 옆자리 대신 수시로 바뀌던 통로 건너 좌석의 승객들에게 자발적으로 말을 건넸다. 이제 중국인 모녀가 떠난 자리에 스위스인 학생들이 앉았고, 멕시코에 다녀왔다는 두 여행자는 그곳까지의 거리감을 피력하듯 제 키만 한 배낭을 드문드문해진 좌석들에 부려놓았다.

"모차르트의 도시라니, 아우크스부르크로 가는 거야?"

육포를 나누며 말을 섞게 된 그들 중 한 사람이 물었다. 모차르트의 아버지가 태어난 곳이자 모차르트 박물관이 있는 독일의 아우크스부르크에 가봤다는 친구였다.

사람은 제 경험의 범주 내에서 상상하기 쉽다. 더욱이 많은 도시가 생전의 음악가를 초청한 바 있고 저마다 사후 그와의 연고를 자랑했으니, 각자가 겪은 대로 짐작할 수밖에.

"아니, 모차르트와 카라얀의 생가가 있는 잘츠부르크로 가는 중이야."

오후의 기대

*

그 음악을 만난 건 초등학생 때다.

학교 급식으로 나오는 밀빵을 먹지 않고 챙겨 오던 언니를 마중하던 길에 동네 친구를 만났고, 맥락 없이 행동하는 게 예사인 나이여서 그 친구를 따라갔다. 피아노 학원의 열린 문으로 친구가 들어간 후 뚜렷한 약속 없이 근처를 배회할 때, 어린 눈에도 제법 훤칠하다 싶은 남학생이 그 학원으로 들어갔다. 그리고 방금 만든 카스텔라처럼 달콤한 소리가 거리 가득 부풀었다.

집에 돌아가자마자 피아노 학원을 다니겠다며 생떼를 부렸다. 그 남학생이라고 확정할 단서는 없지만, 아름다운 소리를 연주하던 그 아이가 있던 곳에 속하고 싶었다. 물론 참고서를 살 돈마저 선뜻 내주지 않던 엄마는 귀담아듣지 않았다.

이후에도 여러 번 친구를 따라 피아노 학원 앞을 서성댔으나, 핸섬한 남학생을 다시 만나기는커녕 음표들이 마구 꼬인 채 꽝꽝대는 소음만 들었다. 얼마 후 친구네가 야반도주하면서 오후의 염탐은 끝이 났고, 돈을 떼이고 야단법석인 동네 엄마들이 내버려둔 아이들끼리 자치기, 구슬치기를 하느라 피아노 건반을 두들기고 싶던 내 손톱은 새까매졌다.

다시 그 음악을 만난 건, 억척 엄마가 가겟집에서 한 블록 떨어진 곳에 양옥집을 지어 올린 후 거실 장식장으로 부(副)를 떠벌리는 물건들을 하나둘 모을 때였다. 장식장의 맨 위 칸에는 양장 제본된 문학 전집이, 그 아래 칸에는 원양어선을 타던 오빠가 사들인 와인과 보드카 들이 빼곡했다. 한참 후 그 아래 칸에 턴테이블과 LP판들이 포장 그대로 놓였다.

어른들의 문화를 탐하느라 행간을 모른 채 깨알 같은 글자에 열중하고 병 뚜껑에 술을 따라 먹은 후 술병 가득 보리차를 채워두는 악동 짓을 서슴지 않던 때였다. 그때조차 LP판만큼은 손댈 수 없었다. 왠지 탐하면 안 될 부류의 물건 같았다.

마침내 물건의 주인인 은행원 언니가 쉬는 일요일, 턴테이블이 미몽의 잠에서 깨어났다. 치직 소리와 함께 오래전 그 음악이 흘렀다. 작은언니는 모차르트 협주곡 〈아이네 클라이네 나흐트 무지크〉라고 말해 줬다.

카라얀이 지휘하는 베를린 필하모니 오케스트라의 연주는 사람의 마음을 몽글거리게 하는 뭔가가 있었다. 나는 그들의 힘을 갖고 싶었고, 당장 떠올린 게 피아노였다. 다시 학원을 보내 달라고 조를 생각으로 가게로 달려갔지만, 쌀 배달을 준비하던 엄마는 여전히 가난하고 고단한 채여서 입을 뗄 수 없었다.

둘째 언니가 시집을 가면서 그 LP판은 골동품이 되고, 나는 개인 오디오 플레이어를 갖게 되면서 딴 세상에 주목했다. U2를 비롯하여 배철수 씨가 소개하는 음악들이 내 삶의 구성원으로 끼어들었다.

경원하던 그 세계에 속하진 못했지만, 결과적으로 잘된 일이었다. 재능이 부족한데다 경쟁하고 싸우는 데 익숙하지 않아 배웠다 한들 별수 없었을 게다. 욕망하고 쟁취하는 투지가 있었다면 좀 더 잘 살았을까 싶긴 하지만, 좋아하는 일을 열심히 하고 스스로 족하면 된다고 생각했다.

그나마 상한 마음을 회복시키는 음악의 마술적 힘만큼은 충분히 누렸다. 그러므로 잘츠부르크는 내게 또 다른 마력을 선물할 게 틀림없는 도시라며 기대에 부풀었다.

피아니스트 여행자

"하이."

웃으면 덧니가 예쁜 그녀. 숙소의 리셉션에서부터 앞서거니 뒤서거니 마카르트 광장의 모차르트 레지던스로 함께 들어서던 그녀가 먼저 인사를 건넸다. 잘츠부르크 카드를 내밀고 한국어 오디오 가이드를 신청한 나와 달리, 유로화를 내고 일본어 오디오 가이드를 받은 그녀의 이름은 '에마'였다.

에마는 요즘 피아노와는 건반과 모양새가 다른 포르테피아노 앞에서 한참 동안 서 있었다. 그녀는 모차르트가 생전에 사용했다는 손때 묻은 악기 앞에서도 요지부동이었다.

나는 17세의 모차르트가 빈으로 떠나기 전까지 지냈다는 그 집의 구석구석을 어슬렁거렸다. 모차르트의 10여 년 유럽 음악 연주 여행 후 모차르트 가족이 이사 왔다는 레지던스는 여러모로 풍족해 보였다. 어린 아들에게 하루 7시간 이상 건반과 바이올린 연주를 훈련시킨 아버지의 집념과 아들의 천재적 재능이 이룬 부였다.

하지만 가족 초상화를 마주하며 나머지의 삶을 떠올렸다. 천재 모차르트와 달리 여자여서 음악가로서 재능을 펼치지 못했던 누이 난넬의 삶과 이들을 한 자식으로 둔 어머니의 삶 말이다. 정상은 꿈을 향한 집념과 사사로운 일상에의 포기, 부족을 채우는 누군가의 희생이 따라야 오를 수 있는 곳이리라.

"정말 좋았어. 멋진 음악회에 다녀온 기분이야."

나는 보았는데, 그녀는 들었나 보다.

"모차르트 음악을 무척 좋아하나 봐."

"모든 음악 천재를 동경하지, 난 피아니스트니까. 물론 지금은 애들을 가르치고 있을 뿐이지만…."

"오오, 그랬구나!"

잠겨 있던 카라얀 생가를 등지고 모차르트 다리를 건널 때였다. 에마는 예고를 졸업한 후 구니타치 음악대학을 거쳐 대학원에 다녔다는 본인의 이력을 들려주었다. 구글로 검색해 학교 이름을 보여 주기도 했다. 만화 〈노다메 칸타빌레〉의 모모가오카 음대를 연상하던 나는 실재하는 대학이어서 놀랐고, 그 대학 출신의 유명한 음악가 이름을 발견하며 더욱 놀랐다.

"히사이시 조가 다녔던 학교라니, 그럼 그의 후배인 거야?"

"호호호, 그렇게 되나?"

그녀는 모차르트나 미야자키 하야오의 애니메이션 OST로 유명한 선배처럼 대단한 작곡가는 아니라고 했다. 하지만 자신이 좋아하던 곡을 만든 음악가들을 만나기 위해 오래전부터 음악 도시 여행을 계획했고, 10년 만에 그 꿈을 이루었다 했다.

"어떤 곡을 좋아해?"

"예전엔 뉴에이지 음악을 좋아했는데, 요즘은 애니메이션 OST가 별나게 좋아졌어. 호호호, 애들을 가르치고 있어서 그런가?"

"애니메이션 OST 좋지. 난 〈붉은 돼지〉, 음~음~."

"'Bygone Days'? 그루브한 곡을 좋아하는구나. 난 〈원피스〉 'We are'가 좋아. 신나잖아!"

횡으로 종으로 통하는 음악의 초월성 덕에 좀 더 가까워진 두 사람은 이곳저곳을 함께 둘러보고, 함께 저녁을 약속하곤 야경을 보러 묀히스베르크에 올랐다.

"너무 아름다워!"

정상은 가파른 길을 힘겹게 오른 몇몇만 차지할 수 있는 협소한 곳으로, 그곳에서 바라보는 풍경은 멋졌다. 꿈을 이룬다는 것도 이런 느낌일까.

대학 시절 엄마를 여읜 후 꿈이 뭔지 고민할 새 없이 통장 잔고에 맞춰 살았다. 돌아보면 꿈이었나 싶은 몇 가지는 정작 용기가 부족해 한 발 내밀지 못했다. 살아온 대로가 꿈이겠거니 여기지 않으면 억울하고 평범한 인생이다.

이제 내 꿈은 인생 부록쯤으로 생각할 나이에 이르렀다. 아이들 꿈을 응원하는 엄마로 역치(易置)되었으나, 이 역할 또한 만만치 않다. 극성과 방만 사이 모호한 좌표의 엄마여서 제 꿈은 제 몫이겠거니 물러나 있다가도, 저희들 살아가고픈 삶이 살아갈 만한지 성급히 따져보기도 하며 우왕좌왕이다. 그저 이번엔 시간이 아이들의 편이길 바라는 수밖에.

그때 금시초문의 노래가 들렸다. 성 아래 만발한 도시 불빛에 어둠이 머뭇대는 동안 정상에 오른 에마의 열창이었다. 자작곡일지 모를 그 노래는 여물지 못한 꿈들을 불러 모아, 내 마음까지 몽글거렸다. 순간, 주문을 거는 그녀에게 화답하듯 사그라든 내 꿈이 꿈틀댔다. 꿈을 꾸는 데 유효기간이 없다며 별들이 함께 웃었다.

여름 한정판 인생을 살듯

오스트리아 * 잘츠부르크 2일

느닷없는 불행에도 웃을 수 있다면

에마와 일찌감치 헤어졌어야 옳았다. 엊저녁 나는 내 안에 도사리고 있던 이석증의 작동 기제를 잊었고, 그녀는 내가 아는 어느 일본인보다 친화력이 뛰어난 친구였다.

에마는 자신의 음악 여행 이야기에 취해 식후 와인을 1병 가까이 먹고도 일어날 생각을 하지 않았다. 마침 옆자리의 호색한 같은 남자가 끼어들었을 때, 나는 극심한 피로감과 두통을 호소하며 숙소로 돌아가자고 권했다.

유럽의 레스토랑이 일찍 문을 닫는 건 다행이었으나, 이미 만취한 그녀는 지척의 숙소를 찾지 못하겠다며 비틀거렸다. 내 몸도

건사하기 힘든데, 와인 오크통을 짊어지고 걷는 느낌이어서 몹시 부대꼈다.

두통으로 밤잠을 설치다, 이른 산책을 나섰다. 숙소 건너편 미라벨궁이 목적지였다.

그곳은 17세기 사람인 볼프 디트리히 대주교가 그의 애인 살로메를 위해 지은 궁이라 했다. 그곳에서 대주교가 머물렀을 묀히스베르크 위 호엔잘츠부르크성을 올려다보는 풍경은 그들의 사랑만큼 예사롭지 않았다.

미라벨궁을 나섰을 땐 운명처럼 25번 버스가 당도했다. 운터스베르크행 버스였다. 넝마 같은 몸을 던지듯 버스에 올라 가을의 잘츠부르크를 우두망찰했다.

오전의 버스 종점은 트레킹을 하기 위해 모여든 사람들로 붐볐다. 그들에 섞여 약 1,750미터 고지에 올랐을 때, 세찬 바람에 트레킹은 고사하고 한켠에 마련된 캠핑용 간이 의자에 앉아 있기도 버거웠다. 모자(역시 바람돌이 모자다)가 또다시 낭떠러지로 비행하려 들었고, 배불뚝이 아저씨가 잽싸게 이를 낚았다.

"땡큐."

모자를 받으며 인사하고 보니, 아뿔싸, 케이블카에서 저쪽이 독일 영토이고 이쪽이 오스트리아 영토라는 둥 트레킹 코스가 어떻다는 둥 수다스럽던 아저씨였다.

"어디서 왔어?"

어느 영토에선지 강한 바람은 그칠 줄 몰라 모자챙을 양손으

운터스베르크 정상

로 부여잡고 있는데, 아저씨는 한국에서 여기까진 왜 왔냐, 혼자 왔냐, 잘츠부르크 어디 어디를 다녀봤냐, 마치 세관 심사하듯 꼬치꼬치 캐물었다. 아이고, 머리야.

"바람둥이, 수다 떨다가 해 떨어지겠어."

또 다른 배불뚝이 아저씨가 낄낄대며 트레킹 길로 떠나갔다.

"나도 잘츠부르크는 처음이야. 굿 럭, 로맨틱 맘!"

좀 더 유연하게 그를 대했어도 좋았을까. 경직된 몸을 풀 겸 기지개를 폈다.

돌아가는 길에 노란 담벼락에 이끌려 헬브룬궁에 들렀다. 물의 정원 투어를 신청했고, 출발 전 가이드는 두 남자를 석조 식탁 주위로 빙 둘러놓은 석조 의자 아무 곳에 앉히곤 된통 물벼락을 맞췄다. 정원 내 트릭 분수의 예고편이었다.

모두 자신만은 비껴갈 거라 믿고 낄낄거렸다. 한 치 앞을 모르는 건 나도 마찬가지여서, 바닥 물구멍만 조심하면 된다던 커플을 따르면 어지간한 비행(卑行)은 피하겠구나 싶었다. 그런데 난데없는 물 폭탄은 나처럼 홀로 여행객이나 어린 친구에게 의도적으로 터졌다.

물의 흐름으로 작동되는 인형극에 얼이 나가고, 동굴 천장을 뚫을 기세로 물 분수가 쏘아 올린 황금모자에 넋을 빼앗겼을 때, 지뢰처럼 터지는 물벼락에 신발이 흠뻑 젖었다. 투어 마지막엔 산양인지 사슴인지 온갖 부조에서 물이 뿜어져 나왔고, 누구도 피할 도리 없는 소나기 터널을 지나며 물벼락을 즐겨야 했다.

인생에 느닷없이 등장하는 불행에도 이처럼 웃을 수 있다면…. 작은 불상사에도 속앓이하는 자신을 돌아보며, 여름 궁전의 트릭 분수를 즐기듯 살았으면 싶었다.

여름 한정판 인생

*

내게도 한때 여름마다 찾던 별장이 있었다. 엄마(어쩌면 숙모)의 허락이 떨어지면 부리나케 시외버스터미널로 가서 꼬불한 산길 넘어 두어 시간 버스를 탔다. 1919년 독립 만세를 불렀다 하여 '만세길'이라 불리는 기찻길을 끝까지 걸으면 부산 구포시장 내 막내 삼촌 댁에 다다랐고, 초록색 철문을 열면 별난 일주일이 시작되었다.

근사한 전원주택이나 펜션이 아닌, 서까래 뻗은 처마 아래 제비가 집을 지어도 내버려 두던 막내 삼촌 댁에서 아들만 둘인 숙모가 타주던 미숫가루는 공주 행세하던 여름 별장 놀이의 개막주(酒)였다. 한 잔의 마법주를 들이키고 나면 숙모는 언제 사둔 건지 모를 핀을 꽂았다 뺐다 하거나 재래시장에서 샀다는 매번 끼는 옷을 입히며 다 큰 인형놀이에 신이 나실 터였다.

밤엔 둑방 길로, 낮엔 해수욕장으로, 사촌 오빠들을 시중 삼아 돌아다녔던 어느 날 더위를 먹었던지 심하게 토했다. 그때 사촌 오빠들은 당사자인 나보다 더 창백한 얼굴이 되었다. 하늘은 노랬지만 식구가 많아 웬만한 상처 따위 거들떠보지 않던 진짜 가족보다 호들갑스럽게 걱정해 주던 눈빛들에 행복했던 한여름 한때.

무엇보다 해도 해도 지겹지 않던 물당고 놀이가 제일이었다. 가뭄이나 단수에 대비해 수돗물을 받아두던 물당고에서 오래 잠수하기 내기를 하거나 바가지째 물을 끼얹는 술래잡기 놀이에 삼촌네 마당은 금방 물바닥이 되었다. 엄마 같았으면 수도 공사에 빽이라도 됐냐며 빗자루 몽둥이 날릴 일이지만, 숙모는 자지러지는 아이들 난장에 아이고 하며 웃고만 계셨다.

그래서 삼촌 댁에 눌러 살자던 숙모의 작별 인사가 진짜가 되길 바랐다. 낭창낭창 미녀였던 숙모가 엄마가 되면 자랑스러울 것 같고, 말썽꾸러기 취급받던 진해보다 공주 대접받던 구포에서의 한 철이 훨씬 낫겠다 싶었다. 생활이 아닌 손님맞이 한여름 유희라 그랬을지라도, 여름 한철 동안의 가족이 마냥 좋기만 했다.

*

가을빛 쏟아지는 헬브룬궁 정원을 걸었다. 순식간에 물기는 말랐다. 멀리 하얀 파빌리온이 눈에 들어왔다.

"I am sixteen, going on seventeen~."

영화 〈사운드 오브 뮤직〉에서 아빠가 반대하는 나치당 우편배달부와 사랑을 나누던 큰딸이 노래를 부르던 장소였다.

안타깝게도 어른들의 갈등으로 어린 낙원이 저무는 건 영화에서만 일어나는 일이 아니다.

어느덧 양옥을 지어 올린 친정집과 달리, 여름마다 찾아가던 삼촌 댁은 한결같았다. 안방은 삼촌 내외와 더불어 사춘기를 겪던 내가 함께 잠들기 비좁아졌고, 오빠들이 받은 러브레터와 종이학이 넘쳐나던 건넌방 외에는 세를 놓던 삼촌 댁은 갈수록 작아졌다. 한여름 스릴러였던 푸세식 화장실은 그대로였지만, 선산이 있던 창원 지역 개발로 보상 절차를 밟던 친정집 어른들과 고약한 관계가 되어버린 삼촌의 술주정은 나날이 길어졌다.

어느 밤 과음 후 '나의 방문이 달갑지 않다' 자백하던 삼촌이 다음 날 아침까지 내 눈을 마주하지 못할 때, 여름 별장 놀이가 끝났음을 직감했다. 밤하늘의 거문고자리와 전갈자리는 변함없이 빛날 테지만, 어린 시절은 덧없이 사라지고 한여름의 가족에 대한 환상은 찬바람에 떠나는 제비처럼 훌쩍 날아가 버렸다.

시아버님 생신 무렵인 여름날마다 계곡 놀이를 떠나던 시댁도 서로의 형편이 달라지고 사나운 마흔 들을 지내면서 마찬가지로 소원해졌다. 좀 더 따져보면 내가 시어른들과 한바탕 대거리를 벌인 후부터였다. 시부모님께 바랐던 경제적 지원이 쉽지 않은 까닭이었고 기대한 만큼 섭섭함이 컸기 때문이었다. 오래전 삼촌을 원망했던 나는 그보다 한참 모자란 어른이었다.

달라진 어른들과 상관없이 아이들은 자맥질하고 물총 놀이하다 더러는 상처 입고 더러는 여름 감기에 시달리던 물놀이를 갈망했다. 어린 내가 그랬듯 아이들이 특별한 여름날을 젖은 옷 마르듯 쉬이 잊지 못하는 건 당연지사였다.

어쨌거나 불편한 마음은 나의 것, 다 커버린 사촌 오빠 들은 간간이 댁네 막내 여동생 궁금해하듯 안부를 물었고, 머리 빗질해 주던 숙모는 일찍 돌아가신 엄마를 대신해 결혼식 화촉을 밝혀 주었다. 시댁 어른들도 변함없이 살가웠으니, 내 마음만 돌이키면 많은 것들이 회복될지 모른다. 그래서 한바탕 물장난에 젖은 옷이 다 말랐을 때, 여름 궁전의 트릭 분수 즐기듯 지난 여름의 한정판 인생으로 돌아가고 싶다는 모처럼의 생각이 반가웠다.

계산 밖의 삶에 대해

'아름다운 마을이야. 너는 어때? 두통은 괜찮아?'

에마가 할슈타트 사진과 함께 보낸 메시지였다. 어젯밤 두통으로 귀가를 재촉했던 게 떠올랐나 보다.

그녀에게 답하길 미룬 채 모차르트 생가에 들렀다. 모차르트는 잘츠부르크 번화가인 게트라이데 거리 9번지에서 태어나 어제의 모차르트 레지던스로 이사 가기 전까지 이곳에서 살았다. 그래서인지 모차르트의 초상화 복사본이 넘쳐 나는 도시 곳곳처럼 노란 아치형 복도에는 비껴 걸을 만큼 많은 관광객이 들어찼고, 생전에 그가 사용했다는 클라비코드와 바이올린 그리고 친필 사인된 악보 앞은 명품 쇼윈도에 몰려들 듯 인산인해였다.

그나마 한산한 〈마술피리〉 소품 앞, 150센티미터 단신의 모차르트에겐 꽤나 컸을 낡은 여행 가방이 눈길을 사로잡았다. 성홍열을 앓으면서도 멈추지 않았다는 모차르트의 연주 여행은 그의 견

문을 넓히고 음악적 소양을 자극했다지만, 중산계급의 먹고사는 문제를 해결하는 데에도 크게 기여했으리라. 인생의 많은 것들이 의도된 결과만 가져다주지 않는다.

"서두르면 탈 수 있어요."

이 도시에서 20여 년을 살았다는 이곳 한국인 가이드가 마감 임박한 보트 투어를 권했다. 떡밥을 물기 딱 알맞은 시간, 보트 선착장도 코앞이었다.

"혼자 다니세요? 용감하시네."

잘차흐강을 따라 북동쪽으로 오르는 만석의 보트에서 옆자리에 앉은 아주머니가 말을 건넸다. 독일에 유학 온 아들 내외를 방문했다가 그들과 함께 음악 도시를 유람하는 중이랬다.

"효자 아들 내외네요."

입바른 칭찬으로 들리셨나, 귀엣말로 저희들 좋은 여행이라며, 당신은 밥해 주러 따라다닐 뿐이라며 투덜대셨다. 이후로도 알콩달콩 아들 내외에 눈 둘 데 없고 귀 나눌 데 없어 자꾸 말을 거시고는, 아들 내외 사는 모습이 대책 없다는 걱정만 태산이었다.

대책이라…. 변수 많은 인생에 얼마만 한 대책이면 소용에 닿을까요? 매일 아침 하루를 재단하고 매일 밤 그 하루를 다림질하며 다음 날 그 다음 날을 따져 묻고 살아도 계산 밖의 삶이 전개되니 속수무책이던걸요. 오히려 또 다른 실패와 좌절이 두려워 먼 미래까지 앞질러 생각하니 머릿속은 엉키고 몸은 과민해지던걸요. 그러니 삶에 대한 완고함을 내려놓고 마치 여름 한정판 인생을 살듯 조금은 즐겨도 괜찮을 거예요….

나누지 못한 말은 정작 조바심 내며 사는 나를 위한 독백이었다. 그리하여 우연찮게 발견한 악보상에서 에마와의 작별 선물과 함께 나의 걱정과 불안을 다독일 작은 오르골들을 골랐다. 태엽을 감자 익숙한 자장가가 흘러나왔고, 무턱대고 길어진 산책길에 나른한 가을밤이 번졌다.

고치고 여미며 살아가는

오스트리아 ✳ 할슈타트

기나긴 여정

7시

핸드폰이 요란을 떠는 바람에, 10평 남짓 숙소의 고요가 깨어났다. 말쑥한 잘츠부르크를 떠날 시간이다. 1층에서 객을 맞던 고양이와 금빛 여문 레몬나무와 사연 많았던 에마, 모두 모두 안녕.

8시 13분

산중 호수마을 할슈타트로 출발하는 150번 버스에 올랐다. 길은 멀고 하루는 짧다. 버스 전광판 시계대로 손목시계를 조율했다. 째깍째깍, 분침까지 정확히 맞췄다.

9시 13분

장크트 길겐에 도착했다.

모차르트의 외가가 있는 이 마을 앞으로 장크트 볼프강이 유유하게 흐른다. 마치 마을이 호수 위에 떠 있는 섬 같다. 강 건너 마을 너머 수평선이 아득하다. 시선은 진실을 왜곡하지만, 평화에 유폐된 느낌이 좋았다.

선착장의 매표소가 오픈 전이어서, 캐리어를 그 입구에 세워놓은 채 마을을 돌아다녔다. 우듬지 울긋불긋한 마로니에부터 낡은 장화를 밝히는 사피니아, 어느 가게 앞에서 밤새 손님을 맞았을 꽃등에 공동묘지의 생글생글한 메리골드와 베고니아까지, 삶의 기술이 있다면 그것을 터득한 사람들이 살고 있을 것만 같다.

작은 마을의 시청 앞에 바이올린을 켜는 모차르트 동상을 반환점 삼아 선착장에 돌아갔을 때, 시간을 잊은 여행자처럼 캐리어가 우두커니 서 있었다. 고요에 균열을 내며 배가 도착했다.

11시

10시 20분경 유람선을 타고 장크트 길겐을 떠난 지 40여 분 만에 샤크베르크 선착장에 내려서서, 캐리어를 맡기고 빨간 증기 기관차에 올랐다. 기관차의 연기는 레일을 지우고 산중 마을을 지우더니 해발 1,734미터 정상에서 흩어졌다.

정상의 카페에는 대부분 사람들이 맥주를 마시고 있었으나, 허기진 나는 샌드위치와 핫초코를 주문했다. 자리에 앉은 모두의 눈을 좇아 파란 하늘을 바라보니 빨간 행글라이더가 오른쪽으로 다시 왼쪽으로 오락가락했다. 바람이 데려가는 대로 가만한 시간이었다.

12시 25분

분침까지 살폈는데 어쩌다 보니 할슈타트행 버스를 놓치고 말았다! 하산하는 길에 무작위로 찍힌 사진 더미에서 제 얼굴을 찾아 값을 지불한 후 정거장으로 질주했건만, 버스는 매정한 연인처럼 떠나고 1시간 후에 올 버스를 기다려야 할 운명이 남았다.

히치하이킹을 시도했다. 쌩, 쌩쌩, 쌔앵~.

몇 분이 지났을까, 먼지 잔뜩 뒤집어쓴 SUV 차가 천천히 멈추었다. 마침 바트이슐역까지 간댔다.

왼빰으로 점 하나 있었더라면 영락없이 관광 온 미스터 빈이었을 오스트리아 신사는 트레킹용 자전거들을 실은 차 뒤편에 내 캐리어를 옮겼다. 오스트리아 빈에 살며 주말마다 마라톤과 산악 트래킹을 즐기러 이곳을 찾는다는 신사는, 그리하여 연미복이 아닌 반바지에 운동화 차림이었다.

"왜 잘츠부르크처럼 붐비는 곳에 갔어? 빈이 훨씬 좋은데."

거두절미, 동유럽을 여행 중이라 답했다.

"왓? 오스트리아는 중유럽인데, 뭔 소리야?"

그는 낙후한 동유럽을 자신의 나라와 엮는 게 도매금 취급이라는 듯 언짢아했다. 덕분에 20여 분 길이 어색해졌고, 라디오에서 흐르던 노랫말이 우리 사이에 끼어들었다.

"Dust in the wind~, All they are dust in the wind~."

비포장도로를 달리는 차창 밖으로 거짓말처럼 먼지가 일었다.

14시 50분

마침내 할슈타트역, 이날의 목적지가 목전이다. 바트이슐역에서부터 함께했던 할머니의 여행 가방을 내려드릴 때, 한쪽 다리가 불편한 할아버지가 다가와 할머니의 오른뺨 왼뺨으로 입을 맞추셨다. 보트로 5분여, 건너편 할슈타트에서 나는 어떤 얼굴을 만나겠다고 아침부터 그리 서둘렀을까? 시계는 이미 소용없어졌다.

고치며 이어가는 삶

입맞춤은커녕 점심때 레스토랑에서 일손을 거드느라 바쁜 매니저를 한참 기다려 게스트하우스 싱글룸에 들 수 있었다. 다행히 수개월 전 예약한 보람은 있었다. 발코니 밖으로 깊은 산이 차곡차곡 호수에 담겨 일렁였고 어디로도 물러나지 않는 오후의 볕으로 호수 마을은 온통 눈부신데, 냅다 질러 오가는 유람선이 반짝이는 햇살을 부수었다 말았다 가만있질 못했다.

좀이 쑤신 건 나도 마찬가지여서, 삐걱대는 수백 년 된 숙소를 나서서 현재의 마을을 구경하러 나섰다. 천연 소금과 입욕제, 어린이용 던들 등속을 흥정하는 이들과, 오리와 거위의 싸움을 구경하며 사람 사이를 어슬렁대거나 주전부리를 찾는 이들로 퍽이나 혼잡한 시골길이있다. 딴짓을 하지 않았더라면 채 20분도 걸리지 않을 버스 정류장이 마을의 끝이었다.

근처 세계에서 제일 오래되었다는 소금광산 때문에 할슈타트(Hallstatt, 소금마을)라지만, 내게 지하 막장은 공포여서 뒤로 돌아 능선을 따라 올라앉은 마을을 돌아보기로 했다. 지나온 마을 못지않게 오래된 집들이었으나, 푸슬푸슬 삭은 데 없이 덧대고 잇대어 잘도 버티고 있었다. 이들의 삶을 지탱한 목수인지 연장 수집가인지 확인한 바 없지만, 어느 집 외벽에는 무엇이든 뚝딱 고칠 법한 연장들이 빈틈없이 내걸려 있었다.

높이 오를수록 마을도 깊어져 오가는 사람은 드물었는데, 마을을 한눈에 내려다보며 산머리 서 있는 성당 문이 아무에게나 열려 있었다. 그 안마당에 있던 공동묘지 대개의 생몰연대는 "1918년 생~2010년 졸", "1914년 생~2009년 졸"이었다. 여기 어르신들이 겪은 나이를 아직 지나지 않은 이방인에게, 고쳐지고 덧씌워진 집들처럼 지난 시간을 포용하며 다가올 시간을 끈덕지게 살아가라 일러주는 것 같아 고개를 숙였다.

이제 한곳에서 나고 자라 영원까지 함께하는 이들과, 이곳에서 밤을 지내기로 약속한 사람들만 남아 헐거워진 골목. 동네 어귀로부터 멀리 호숫가 레스토랑까지 점점이 호박 등이 켜지고 산머리 가로등도 불침번을 나서겠지만, 까마득히 몰려오는 어둠을 막아내진 못했다.

산과 호수가 한 덩어리로 뭉치더니 마을 구석구석이 사라졌다. 그동안 잘 튀겨진 슈니첼을 딸기잼에 발라 먹고 감자튀김까지 한 접시 먹어치웠다. 그리고 21세기 핸드폰이 종종 먹통이 되는 태곳적 어둠에 꼼짝없이 갇혔다.

거꾸로 시간 여행

*

태어날 무렵 이미 저세상 사람이던 외가 어른들을 알 턱이 없는 쌍둥이가 어린이집을 다닐 때 물었다.

"엄마한테도 엄마 아빠가 있었쪄?"

그때 작정하고 어린이날에 맞춰 친정집을 찾아갔다.

바닷가 마을이라 신나할 줄 알았는데, 아이들은 남해를 면한 진해로 내려가는 대여섯 시간 동안 보채고 치대고 짜증냈다. 남편은 결혼하고 10년이 넘도록 고작 몇 손가락에 그치는 진해행이었으면서도, 서울하고 한참 멀리 촌에서 나고 자랐다며 별 웃기지 않는 농을 던졌다. 솔직히 고향 가는 나도, 휴게소 두세 번 들러 가는 기나긴 고속도로에, 참 멀리도 떠나왔다 한숨을 지었다.

마침내 진해로 넘어가는 장복터널, 산 아래로 조금만 내려가면 오도카니 고향 마을을 만날 터였다. 원래대로라면 양어장 아랫마을로 가야 했지만, 부모님이 돌아가신 후 빈집으로 쇠락을 거듭하던 친정집은 몇 해 전 남의 손에 넘어갔다. 그러므로 옥신각신할 새 없이 드라마 〈로망스〉로 유명해진 진해천 옆에 자리한 오빠네로 향했다.

쌍둥이는 경상도 토박이 외삼촌 내외가 낯선 눈치였다. 그래도 외가랍시고 푸지게 먹고 자고 일어나, 어린이날 개방되는 해군사관학교에서 모형 거북선에 올랐고 『난중일기』 한 구절인 줄 모른 채 열심히 탁본도 떴다.

다음 날은 고향 떠난 지 서른 해가 다 되어가던 나조차 생소한 장소들을 방문했다. 편백나무 둘레길을 걷고, 엎어놓은 소쿠리를 닮아 '소쿠리섬'이라 불리는 섬마을로 배를 탔다.

그다음 날엔 진해 신명물이라는 해안도로를 달렸고, 365계단으로 유명했던 진해 탑산을 케이블로 한달음에 올라 이순신 장군과 왜군의 격전지였다는 진해 안골포 등을 전시 지도로 탐색했다.

주전부리를 하느라 한참 늦어진 오후가 되어서야 부모님 산소가 있는 공원묘지로 향했다. 가파른 산을 오르던 쌍둥이는 지칠 법도 한데, 외조모와 외조부를 처음 만난다는 게 흥분됐는지 급히 뛰어올랐다.

"그런데 외할머니랑 외할아버지는 어디 계셔요?"

아무리 산을 타고 올라도 엇비슷한 봉분들과 함자만 다를 뿐인 묘비들만 있었으니 당연한 질문이었다. 아이들 외삼촌은 부모님 산소 앞에 자리를 펴고 오랜 조화를 새것으로 갈고 몇 가지 과일과 부모님 생전 잘 드시던 막걸리를 혼유석에 차린 후 입을 열었다.

"여기 누워 계시지."

이제야 이해된다는 표정의 아이들이 외쳤다.

"외할머니 외할아버지, 일어나세요! 저희 왔쪄요!"

친가 문턱을 넘으며 하던 소리대로였다. 저승문을 열 수 있다면 그렇게라도 문안을 드리고 싶었다. 하지만 묘지들 아래 흙 한 톨도 움직일 가망이 없어 보였다.

참 많이도 변한 고향은 내게도 흥미로운 관광지였다. 하지만 아이들에게 정작 보여 주고 싶은 건 달리 있었다. 그것은 공장으로, 마을로, 쌀을 이고 져 날랐던 억척 엄마와 사시사철 아지랑이 봄날처럼 살던 친정아버지가 한마음 되어 가꾸던 화단이었다.

가겟집 담을 나누던, 과수원을 경영하는 옆집으로 무화과가 익을 때마다 서리하던 나를 그냥 두고 볼 수 없었는지, 어느 날엔가 가겟집 안마당에 석류나무와 무화과와 감나무가 한꺼번에 심어졌다. 몇 해나 과수를 맺었는지 세기도 전에 살림집 삼아 양옥집을 한 채 더 지어 올리면서 화단도 몇 평 더 생겼다.

살림집 담을 넘어온 옆집 동백이 툭툭 떨어져 벌건 꽃 무덤을 만들면 이때다 하고 우리 집 목련꽃이 폈고, 영산홍과 배꽃이 연방 터지는가 싶으면 다시 담 따라 옆집 능소화가 늘어졌으며, 그때마다 우리 집 치자꽃이 진한 향으로 맞섰다. 가을에는 엄마가 제일 좋아하는 국화 화분으로 검고 작은 진드기들이 잔뜩 엉겨 방으로 기어들까 무서워했다. 그나마 호랑가시나무 빨간 열매는 겨울방학 신호탄이라 반가웠는데….

나와 함께 자랐던 그 화단은 진즉 남의 손에 갈아엎어졌을 텐데, 부모님 산소의 조화는 물색없이 쨍쨍했다.

*

…100년 동안 진해도 많이 바뀌었다. 부산 쪽으로 확장된 평지에 들어선 아파트들을 보면, 어린 시절 논밭이던 창원의 들판에 쑥쑥 들어서던 아파트들에 놀라던 기억이 떠오를 정도다. 그렇게 새로운 동네는 앞으로도 만들어지겠지만, 엄마가 걸었던 골목, 내가 걸었던 골목, 엄마와 내가 함께 걸었던 골목은 또 그것들대로 명맥을 이어갈 것이다.

— 김탁환, 『엄마의 골목』 중에서

진해 골목골목을 더듬던 책을 덮었다. 그때, 고향에서 서울 집으로 돌아올 때, 쌍둥이는 "엄마와 같은 고향이면 좋겠쪄."라고 말했다. 외할머니와 외할아버지를 직접 뵙진 못했지만, 그분들이 엄마를 품어 사람답게 가꾸던 곳에 정을 느꼈다니 가슴이 뻐근했다.

이 아이들이 자라 돌아볼 그 고향에는 내가, 남편이, 우리 가족이 함께 걸었던 많은 길과 이야기가 남아 있겠지. 그러니 우리 부부의 삶도 여기 사람들이 그래왔던 것처럼 뚝딱뚝딱 고치고 여미며 끈덕지게 끌고 가야겠지.

더 이상 나이 들지 않는 친정 엄마의 나이에 임박한 내 손바닥 위로 할슈타트 어느 담벼락에서 딴 붉은 열매를 올려 천천히 굴렸다. 깜찍하고 동그란 열매가 고등학생이 되도록 만지작댔던 엄마의 유두를 꼭 닮아 있었다. 그렇게 태곳적 어둠에 안겨 자궁 이전의 자궁으로 이끌리던 밤, 간만에 깊은 잠에 빠졌다.

어린 날의 영웅에게 길을 묻다

체코 ✳ 체스키 크룸로프

동화를 짓는 마음

꽥꽥, 꽥꽥, 꽥꽥꽥꽥~.

어린아이 보채듯 끝도 없이 울어대는 오리 소리에 잠을 깨니, 정작 고집을 부리고 있던 건 어둠. 그래봤자 조만간 해는 떠오를 테니, 오리만큼 요란하게 삐걱삐걱 계단을 내려와 오래된 나무 대문을 열었다. 이번엔 안개가 첩첩이었다. 몸을 내밀자 하얀 유령에 곧장 삼켜졌다.

그야말로 물안개는 포식자였다. 나그네는 말할 것도 없거니와, 이곳 할슈타트뿐 아니라 건너편 섬들과 호수도 농밀한 물안개에 사로잡혀 미동 없이 엎드려 있다. 어제의 선착장도 사정은 다르지 않아, 물안개 잔뜩 실은 나룻배들이 물길 따라 갈팡질팡 노질만 했다.

그래도 떠오르는 시간을 당해 낼 순 없는 법. 물안개가 열어지는 사이 홀로 깨어 있는 소리를 찾아 마을 안쪽으로 파고들었다. 메인 광장에서 어제의 교구 성당을 지나 산머리 높이까지 올라서니 귀가 멍멍해지도록 세찬 소리가 났다. 한시도 잠든 적 없는 폭포였다. 뎅그렁 뎅그렁, 집집마다 문을 두드리며 돌아다니는 성당 종소리에 마을도 서서히 깨어났다.

이 마을에서라면 순전한 얼굴로 살아질 것만 같다. 이곳에서라면 이웃인 '알프스 소녀 하이디'처럼 염소를 키우거나 소젖 짜는 아낙네가 되어 호수와 소금광산을 찾아, 혹은 스키를 타러 오는 손님들을 맞아 이불도 널며 수굿하게 살아질 거라 생각됐다. 해 걸음에 맞춰 일어나고 노동하고 잠들며, 셈에 약해도 난처해하지 않고 크게 아픈 데 없이 오래도록 사랑하며 살아갈 수 있을 거란 근거 없는 생각이 한참을 떠올랐다.

숙소로 돌아오자마자 동화를 짓던 마음은 날렵하게 종적을 감췄다. 해그림자와 함께 떠날 객을 위해 오리(!)가 울기 전부터 소시지와 치즈를 준비하고 과일과 빵과 우유 등을 차려낸, 앞치마 앞에 가지런히 놓인 주름 잡힌 손을 보았던 까닭이다.

숙소를 떠나던 길에 만난 카메라맨도 마찬가지였을 게다. 베어 먹은 사과 조각으로 백조를 유인하려던 그는 고고한 자태를 기대하며 렌즈를 조준하다, 먹잇감을 빼앗으려던 거위와 인정사정없이 싸우는 백조에 망연자실해했다.

이 풍경이 나로선 그다지 실망스럽지 않았다. 낮에는 백조로 지내다 밤마다 아름다운 여인으로 변하는 공주가 그녀를 사랑하는 왕자를 만나 마법이 풀리고 알콩달콩 살게 되었다는 건 어린 날의 이야기일 뿐이다. 그 이후는 어른이 되면 자연스레 알게 되는, 별로 비밀스럽지도 않고 재밌지도 않을 이야기. 쓰이지 않은 데에는 그만한 이유가 있다.

버스 정류장에는 전문가용 카메라를 맨 사내들이 먼저 자리하고 있었다. 그들의 앵글 앞에 물안개를 한 꺼풀씩 벗고 있는 할슈타트가 있었다. 거기, 문명의 시간을 쉬이 허락하지 않아 오래되고 오래된 마을이 잔잔하게 숨을 고르고 있었다.

호수의 아웃라인이 분명해졌으니 여객선이 움직일 차례다. 그보다 발 빠른 관광버스가 현대사회에서 박리된 삶을 찾는 관광객들을 몰고 왔다.

역시 동화를 짓기엔 한낮의 삶이 부산한 마을이다. 비록 호박마차는 아니지만, 오스트리아산 CK 셔틀버스를 타면 체코의 또 다른 동화 마을에 닿을 수 있다는 걸 큰 위로로 삼았다.

어린 날의 영웅들을 찾아서

"체스키 크룸로프는 세 시간 후 도착 예정입니다."

안내를 마친 CK 셔틀 기사가 500리터 물통을 건넸다. 픽업 승객은 총 7명, 대학생부터 쉰 살을 앞둔 아줌마까지 다양한 연배와 국적의 사람들이 한곳을 목표로 움직일 찰나였다.

솔직히 동화가 시시해진 나이, 동화 마을에 간다고 이들처럼 들뜰 계제는 아녔다. 게다가 아주 오래된 그 일이 일어난 이후 한두 걸음 뒷걸음치다 어느새 동화의 바깥, 동화보다 더 파란만장한 세상에 서 있으니 당연했다. 다만 오래된 그 일이 일어나지 않았더라면 어떠했을지, 그게 가끔 궁금하긴 했다.

*

그날따라 겨울을 재촉하는 비가 유난했다. 경찰에게 말한 대로, 일찌감치 함석 덧문까지 모조리 닫은 엄마가 하루를 정리하고 있을 때 전화벨이 울렸다. 쌀을 배달해 달란 전화였다.

아버지도 외출하신 밤에 아무래도 어린 딸을 혼자 두기 뭣하셨는지 다음 날로 배달을 미루려던 엄마와, 다음 날 아침거리가 없다는 전화 저쪽이 한참 실랑이를 벌였던 것 같다. 승자는 전화 저쪽이었나, 손금고를 대충 정리한 엄마가 좀 무겁겠다 싶은 쌀 포대를 짊어지고 가게를 나섰다.

집을 잘 지키라는 말이었을 듯한데, 함석 덧문 중앙으로 난 쪽문이 열리자마자 세찬 빗소리에 엄마의 당부가 뭉텅 잘려 나갔다. 그때 안쪽으로 문을 걸어 잠그려다 미룬 게 화근이었다. 뜨뜻한 아랫목에 누워 책을 읽다 그만, 자장가가 된 빗소리를 이기지 못하고 잠이 들었다.

가겟집 안방은 쑥대밭이 되었고, 출동한 경찰들은 손금고 외에 도둑맞은 물건은 없는지, 내게 별다른 이상은 없는지 요모조모 살폈다. 어리둥절한 나와 초조한 엄마 외에, 가게 빈틈을 채우고 선 여러 이웃 어른들은 재미난 구경이 난 듯 수군댔다. 그러고 보니 내가 덮고 잤던 이불에 운동화 발자국들이 찍혀 있었다.

그때 친정 엄마를 위로하던 건 안나네 엄마가 유일하다 싶었다. 윗동네에 양옥집을 따로 마련한 후 세를 놓았던 가겟집 안채에 들어온 안나네. 가겟방과 여닫이문 하나를 두고 살림을 든 그 집에서 빌렸던 동화책에도 진흙 발자국이 찍혀 있었다. 그 발자국으로부터 시선을 돌리던 내게, 또래였던 안나와 그 동생 분도가 세상 순박한 웃음을 지어주었다.

동네 청년의 것으로 밝혀진 진창의 발자국은 범인을 잡는 데 혁혁한 공을 세우긴 했으나, 공포의 낙인이었다. 잠자던 내가 눈을 떴을 때 안나네 엄마가 아니라 도둑의 눈이었더라면, 자지 않고 깨어 있었더라면 등의 허구가 동네 아줌마들에 의해 아무렇지도 않게 빚어질 때마다 오줌을 지릴 것만 같았다.

동화 속 악당은 어리숙하거나 주인공들이 의당 해치울 종이 인형 같은 거였지만, 현실의 도둑은 우리 집을 난장으로 만들고도 모자라 강도로도 변할 수 있는 감당키 어려운 진짜 사람 거인이었다. 이로써 동화 속 주인공들을 통해 사랑과 그리움, 굳센 마음 등을 배웠던 시절은 막을 내렸고, 그 모든 세계를 지고 안나네마저 떠나버렸다.

*

동화로 만났던 어린 날의 영웅들은 내게 정의와 용기와 세상에 대한 믿음을 가르쳐주었다. 그리하여 내가 삶의 주인공으로 나설 때 분투할 기초 체력이 되었다. 그들을 떠나보낸 후 언니들의 세계를 탐닉했지만, 어릴 때 그들에게 그랬던 것만큼 무작정 믿어지지 않았다. 그래서 좀 더 오래 그들과 지냈더라면 지금과 달리 살아졌을까 궁금한 거였다.

많은 이야기를 실은 8인승 벤츠의 엔진 소리와 라디오 소리가 엎치락뒤치락하는 사이 오스트리아 국경을 넘어 체코로 들어섰다. 지나는 광고판 글자가 달라지고, 더 높아진 위도를 증언하듯 하얀 자작나무가 지나갔다. 그 나무껍질을 벗겨, 동화 마을에 아직 머물고 있을지 모를 어린 영웅들에게 편지를 쓰고 싶어졌다.

은유의 시간

정확히 3시간 만에, 오스트리아 할슈타트로부터 체코 남부 도시인 체스키 크룸로프에 도착했다. 사진에서 본 대로 중세의 성과 그곳을 S자로 휘감아 흐르는 블타바강, 그 양안으로 주황색 지붕이 옹기종기 모여 앉은 마을은 삽화보다 예뻤고, 게다가 실제였다. 물론 오자마자 만난 첫 주민인 호텔 매니저의 불친절과, 사진보다 추레한 숙소도 현실이었다.

그나마 숙소의 쪽창을 열었을 땐 〈소공녀〉 세라가 머물던 다락방 같은 정취가 느껴졌고, 가까이 성비투스 성당에 들면서는 〈플랜더스의 개〉 파트라슈를 만날 것만 같았다. 네로가 맨발로 찾아든 곳은 벨기에의 안트베르펜 대성당이고 이곳은 플랜더스 지방의 양귀비꽃 들판이며 화가 루벤스의 연고지가 아녔지만, 파란 하늘 수직으로 쭉 뻗은 첨탑과 그물형 볼트 천장이 닮은꼴이어서 목 뻐근해지도록 올려다봤다. 당연하게도, 네로가 죽기 전 파트라슈와 함께 바라봤던 루벤스의 그림과 아주 다른 유화를 감상했다.

시청사가 있는 스보르노스티 광장에 도착하니 보헤미안 복장의 무리가 민속춤을 추며 돈을 걷고 있었다. 알싸한 가을의 정오, 그들이 〈성냥 파는 소녀〉처럼 헐벗고 굶주려 보이지 않았지만 스스럼없이 유로 동전을 건네주었다. '이발사의 다리'를 건널 때 웬 벌 떼는 그리 붕붕대던지, 그들을 좇아 진동하는 냄새의 진원지를 찾아갔더니 〈꿀벌 나무〉에서 보았던 숲속 꿀벌 나무가 아니라 굴뚝빵이라고 불리는 뜨레들로 가게였다.

체코에서 프라하성 다음으로 큰 성이자 세계 300대 건축물의 하나라는 체스키 크룸로프성에 도착하자마자, 성의 전망대와 박물관을 두루 볼 수 있는 콤보 티켓을 구매했다. 총 162개 계단을 오르니 이 마을에서 제일 높다는 고공 전망대였고, 라푼젤이 갇혔던 첨탑으로 오해하기엔 너무 많은 사람들이 모여 있었다.

박물관에서 오디오 가이드를 요청했으나, 남아 있는 건 모두 고장이랬다. 하여 비트코프치 가문에 이어 로즘베르크 가문과 그렇고 그런 세월 지나 슈바르첸베르크 가문에 이르기까지, 성의 역사와 귀족들의 생활상을 기록한 내용을 두루뭉술하게 살피다 몹시 피곤해졌다. 먹고 사고 싸고, 사람 사는 게 다 그렇지, 뭐.

꽤 북적이는 마을. 사람들은 무얼 기대하며 이곳에 왔을까? 어린 영웅들을 만나 세상 꾀바른 지혜를 구하려던 나와 같은 마음일까? 〈비밀의 정원〉과 조금도 닮지 않은 '영주의 정원'을 걸어, 더 깊숙이 가을이 내려 황금 연못이 된 연못의 벤치에 누웠다.

"똑바로 못 찍어?"

"애쓰고 있거든! 매번 자기 사진만 찍어달래."

한국 남녀가 옥신각신 티격태격 몇 분을 싸우는 통에 잠은 달아났다. 그렇다고 모자를 덧쓴 얼굴로 딱딱한 벤치에 잠든 척 누워 있자니 여간 불편한 게 아녔다. 부르르, 울리는 핸드폰을 꺼내려 움직이자 놀란 한국 남녀가 팔짱을 끼곤 총총 달아났다. 저녁을 함께 하기로 약속한 한국 아가씨의 톡이었다.

"여기서 찍을게요. 잠깐만요~."

저녁 식사 후 함께 라트란 거리를 거닐던 아가씨가 미소를 준비했다. 혼자 여행객들은 기꺼이 서로의 사진사가 되어주되, 사진 찍는 기술 따위로 다투지 않는다. 오래도록 변치 않은 세계에 대한 모종의 경외와, 변하는 세상을 쫓느라 잊어버린 각자의 모습을 함께 담아내려 애쓸 뿐이다.

앵글 속 아가씨가 어릴 적 내 모습처럼 세상에 대한 희망으로 활짝 웃었다. 어쩌면 어린 영웅들은 변함없이 우리 마음을 서성이며 용기와 희망을 조언하고 있겠다. 비록 동화와 같을 순 없지만, 선함을 희구하며 살아가라고.

통속적인 아줌마로 살아가도

체코 ✳ 프라하 1일

다시 여행길

점점 조심성을 잃어가는 새벽 소음에 방문을 열었을 때, 한 차례 시찰을 마친 건넌방 커플이 절레절레 고개를 흔들며 문을 닫았다. 계단 그 아래쪽으로 삑, 삐거덕 계단을 오르내리고 쾅쾅 현관문을 여닫으며 자는 사람들을 다 깨울 양 목청껏 대화를 나누는 두 여자가 보였다. 펜션 관리인들의 일과가 지나치게 일찍 시작되었을 뿐, 큰일이 난 건 아녔다.

그래도 그렇지, 해도 잠든 이 마당에 한마디 보탤까 어쩔까. 그때 눈이 마주쳤고, 아래쪽에서 먼저 "굿모닝"이랬다. "새벽 5시예요. 조용히 해주세요!"라고 입이 떨어지기 전에, 손을 마주 흔들었다. 오래된 마을에서 함께 늙어갈 저 여인들의 바지런함 때문에 이 집이 낡아 버려지지 않고 객을 품는 것이니 어쩔 수 없이 굿모닝. 어딜 가나 밥벌이는 소란하기 짝이 없구나.

그래도, 그래도…. 참다못해 거리로 나왔더니 숙소 밖은 진공관처럼 숫제 무음에 가까운 아침이었다. 간혹 텅 빈 거리로 낙엽 구르는 소리와 함께, 묵은 생각이 몰려왔다.

집을 떠난 지 열흘하고도 이틀째, 여행의 중간 기착지인 프라하로 떠나는 날이다. 예전처럼 이번에도 체코 프라하와 헝가리 부다페스트를 두고 꽤나 망설였다. 두 도시는 마치 〈고독한 기타맨〉 하면 〈불청객〉, 자우림 하면 크랜베리스, 임화 하면 백석, 홍상수 하면 고레에다 히로카즈, 짜장면 하면 짬뽕 하는 식이었다. 결국 둘 다 보고 싶었단 얘기다.

지극히 사적인 선택지 중 어쨌거나 프라하가 살아남았다. 청년 시절 교사 발령을 앞둔 고향 후배와 한 달간 유럽 배낭여행을 하며 겨우 하루를 머문 프라하였다. 그때 점찍어 둔 마리오네트 인형이 떠올랐다. 남겨진 것은 돌아오게 하는 힘이 있다. 내가 갑절 나이를 먹었듯 그 도시도 두어 번은 바뀌었을 테니, 카를교 근처 이름 모를 마리오네트 가게를 찾을 수 있을지 어떨지 모르지만.

크건 작건 기념품 하나도 사지 못하게 했던 후배는 공동 경비 관리자였다. 그 친구와 여행 설계자였던 나는 매일같이 길 위에서 이과대와 문과대만큼의 물리적 거리를 겪었다. 선배였던 내가 좀 더

품을 걸, 지난날을 후회해도 소용없다지만, 현재 할 수 있는 일이라곤 그것밖에 없다. 그래도 산악 열차를 타고 오른 스위스 융프라우를 함께 걸어 내려오고, 하이델베르크에서 철학자의 길을 나란히 걷고, 바르셀로나에서 플라멩코를 보았던 추억만큼은 그녀의 것이기도 하고 내 것이기도 했다.

여행은 취향의 구두 합의로 완주했지만, 삶의 결이 다른 두 사람이 오래도록 알고 지내긴 수월치 않았다. 서로 다른 괄호 속 수식(數式)이 되어 상관 않고 살아가는 두 여행자 중 한 사람만 다시 여행길에 섰다.

"I'll remember you.[(당신의 불친절을) 잊지 않을게요.]", "I'll want to come back here![(동화 마을에 걸맞은 다른 숙소를 찾아) 다시 오고 싶네요!]", "Thanks for your kindness.[(너무 일찍 깨워준) 당신의 친절에 감사해요.]"

새벽 소음에 분풀이하듯 숙소의 1층 게시판 포스트잇을 오역하다 피식 웃었다. 나이가 든다고 절로 아량이 생기는 건 아녔다.

굿 럭

앳된 청년의 호위를 받으며 어제의 CK 셔틀에 올랐을 때, 뒷자리 아저씨가 손을 흔들었다. 두 사람이 전부여서 피크닉 가듯 호젓한 기분이었던지, 청년 기사는 라디오 볼륨을 높였다. 보니 타일러의 〈Holding out for a hero〉가 흘렀다. 영화 〈스트리트 오브

파이어〉의 주연배우 다이안 레인이 빨간 드레스를 입고 이 노래를 부르던 장면이 떠올랐다.

"~ I need a hero, I'm holding out for a hero till the morning light~"

어라, 허밍 하는 목소리가 또 있네.

"혼자 여행 중?"

"응."

"원더풀! 나도 혼자 여행 중이야. 반가워. 매트라고 해."

"반가워. 유진이야."

올드 팝송을 허밍 하다 보면 매끈하게 그을린 중년 남성과 허물없이 말을 트게 된다.

"프라하는 처음이야?"

"아니. 음…."

햇수를 헤아리기엔 열 손가락으로도 모자라거니와, 흰머리 나는 나이임을 대놓고 떠벌리는 것 같아 대충 얼버무렸다.

"난 액티비티 여행 프로그래머야. 미국에서 나고 자랐지만, 일 때문에 유럽에서 산 지 꽤 오래됐지."

"그뤠잇! 난 에디터야. 안식년을 맞아 홀로 여행 중이야."

"리얼리? 멋진 직업을 가졌구나."

"글쎄, 어려움도 많아."

에디터는 알고 보면 극한 직업인걸. 통상 야근에다 마감이면 종종대는 마음으로 집안일은 거들떠볼 새도 없으며, 시도 때도 없이 작가들과 거래처와 실랑이를 벌여야 하고 일정을 맞추지 못하는 후배들을 닦달하느라 못된 마녀가 되는걸. 물론 너덜너덜해진 마음을 견디다 못해 떠나온 홀로 여행을, 지나가는 길동무에게 들키긴 싫었다.

"하하하, 나도 마찬가지야. 바이킹 타는 걸 좋아해서 시작했는데, 짜릿한 한순간을 위해선 준비할 게 엄청 많더라고."

팔의 알통을 세워 보이는 매트는 체코에서도 스카이다이빙, 열기구 체험, 보헤미안 스위스 국립공원 트레킹 등이 있다며 꼭 즐겨보라 권했다. 트레킹에 관심은 많지만 이석증 때문에 조심스럽단 얘기를, 또한 스치는 인연이라 미주알고주알 말하지 않았다.

"너는 어때?"

올드 팝송과 함께 신났던 고속도로에서 낙석이라도 맞은 듯한 눈빛으로 백미러 승객들을 쳐다보는 온드레이아.

"여행자를 데리고 오가다 보면 너도 떠나고 싶을 것 같아."

매트의 감상이었다.

"그러게. 고속도로를 달리다 보면 아무 데나 떠돌고 싶겠지?"

운전을 못하는 내 생각이었다.

"글쎄, 여기저기 쏘다니는 건 이 일을 하며 충분히 그러고 있어서…. 프라하는 매번 공사 중이라 복잡하기만 하고, 난 내 고향에서 지내는 게 행복해. 운전은 내가 좋아하는 일이고 돈도 그럭저럭 벌고 있으니, 매일매일 문제없어."

"원더풀!" / "그뤠잇!"

나른한 봄날 같던 고향의 삶으로부터 일찌감치 도망치려 했던 나로서는 온드레이아가 진심 대단해 보였다. 무엇을 바라 서울로 떠나왔던지, 달리고 달려도 목은 마르고 주머니는 늘 부족했건만. 탯줄 있던 자리가 근질근질한 쉰 무렵에 이르러서야 가까이 있는 행복에 대해 눈뜨기 시작한 나에 비하면 현명한 청년이었다.

"에브리싱 이즈 오케이?"

안델역 근처에서 "굿 럭"을 외치며 매트가 떠난 뒤 온드레이아와 둘만 남은 CK 셔틀버스가, 포클레인과 천공기를 피해 프라하 중심가를 곡예 하듯 달릴 때였다. 호텔을 찾아 잠시 헤매는 건 오케이였지만, 고향으로부터 3시간 떨어진 대도심에 들어서자 대번 라디오 볼륨을 낮추고 거리를 희번덕거리며 핸들을 바짝 그러쥐는 그는 몹시 걱정됐다. 게다가 화장실이 급했다.

"스톱!"

호텔을 발견하자마자 예약비 외 잔금을 챙겨둔 봉투를 건네고 부리나케 호텔 화장실로 달리던 중, 팁으로 주려던 코루나가 짤랑거렸다. 집 떠난 강아지처럼 쩔쩔매던 그가 귀향길 목 축일 정도의 푼돈이었다. 한시바삐 고향으로 돌아가고픈 그를 붙잡지 않는 게 도리다. 어디서도 주눅 들지 않는 연륜을 쌓으려면 돌아가기도, 허튼 길도 가봐야겠지. 온드레이아라면 잘해 낼 것 같다.

변하는 것과 지켜야 할 것

이른 체크인을 수락한 호텔 매니지가 쓰리베드룸으로 업그레이드해 주었다. 칵테일파티도 무난할 룸에 헤벌쭉 입을 다물지 못한 채, 한쪽은 외출복 입고 쉬는 침대로 또 한쪽은 진짜 잘 때 누울 침대로, 나머지 한쪽은…. 그래놓곤 아무 침대에나 벌러덩 누웠다. 넘쳐 나도 나눌 사람이 없으면 더러 무감해진다.

부푼 기대와 달리 얼렁뚱땅 도착하고 만 프라하, 그동안 얼마나 달라졌을까? 호텔에서 받은 지도엔 보헤미아 왕국의 천 년을 지탱한 도시답게 익히 알려진 고색창연한 스폿이 표시되어 있었다. 블타바강을 중심으로 3일간 볼거리를 주도면밀히 계획하다 다시 천장을 보고 누웠다. 두 번째 만남이니 느긋하게, 이 도시 어디와 해후해도 좋을 테다.

구시가지에 도착했을 때 한국어 오디오 가이드가 장착된 두 시간짜리 버스 투어가 시동을 걸었다. 정각마다 돌아 나오는 12사도 인형을 구경하려는 사람들로 붐비던 구시청사 천문 시계탑을 거쳐, 버스는 80미터 상당의 첨탑 두 개가 우뚝한 틴 성당을 지났다. 그 옆으로 골츠킨스키 궁전과 성 니콜라스 성당과 유대교회당을 지나, 느리다면 느리고 빠르다면 빠르게 신시가지를 지났다. 공사 중인 국립박물관을 순차적으로 돌던 버스는 이제 사연 많은 바츨라프 광장으로 들어선다.

체코 보헤미아 왕국의 기초를 닦은 성 바츨라프왕의 기마상이 내려다보고 있는 이곳은 오래전 신성로마제국의 황제가 된 카를 4세에 의해 프라하가 제국의 수도로 세워졌을 때 시가지로 발전, 말을 거래하던 장소였단다. 또 합스부르크 제국에 합병되었던 체코

숙소에서 나를 맞이한 액자 속의 프라하와 카를교

가 제1차 세계대전이 끝나고 독립하면서 그 선언문을 낭독했던 곳이며, 제2차 세계대전이 끝나갈 무렵 나치 독일에 대한 저항 시위가 이뤄진 곳이기도 했다….

한 권의 책으로 부족할 과거사는 오디오의 깜냥이 아니었다. 이곳이 종전 후 들어선 공산 정권에 항거하던 민주화 시위와, 이를 소련 탱크가 짓밟은 1968년 프라하의 봄, 그리고 민주화를 향한 또 다른 시위였던 1989년 벨벳혁명의 장소임을 알려 주는 것만으로도 오디오는 무척 버벅댔다. 마치 머나먼 도시의 뉴스 한 토막을 전하듯 어색한 번역의 기계음은 당시 젊은이들이 흘린 피를 나 몰라라 떠벌이는 변사 같았다.

달리는 투어여서 장소는 순식간에 바뀌고, 마음 급한 변사는 제 말에 걸려 넘어지기 일쑤였다. 그래도 버스는 쉼 없이 달려, 프라하 시청을 지나고 다리를 건너 외교부 건물로 쓰인다는 로레타 성당을 지나 대통령궁이 있는 프라하성에서 숨을 고르기로 했다. 사람들이 내려서는 버스 입구엔 돌아올 시간을 미리 감고 있는 종이 시계가 놓여 있었다. 40분 후 출발, 프라하성 정문 옆 스타벅스에서 목 축일 정도의 짬이었다. 휴, 내 숨이 다 가빴다.

"Hey, Hey, Hey, it's a beautiful day."

다니엘 분의 〈Beautiful Sunday〉에 맞춰 은발의 여인이 몸을 흔들고 있는 이곳은 캄파 공원. 높낮이 없이 읊어대던 오디오 가이드 때문인지 오수(午睡) 때문인지, 시티 투어는 비몽사몽 끝났다. 그리고 이번엔 두 발로 구시가지에서 왕의 마차 행렬이 지났다는 거리를 뒤따라 카를교 건너 여기 공원에 왔고, 오자마자 아무렇게나 떨어지는 낙엽처럼 털썩 주저앉았다.

젊은 내가 아니듯, 이 도시도 많이 변했다. 더 이상 프라하는 내가 추억했던 곰살맞은 도시가 아니라, 자본의 척후병에 둘러싸인 물색없는 장사꾼 같다. 민주화를 열망했던 프라하 젊은이들을 살피던 객에게 딴청 부리던 '존 레논의 벽'도 그렇거니와, 그 앞을 나뒹굴던 찌그러진 맥주 캔과 애송이들이 짓이겨 납작코가 된 담배꽁초도 예전과 한참 다른 프라하였다. 아이러니하게도 그 때문에 프라하를 프라하답게 만든 역사적 면면들이 더욱 고결하게 느껴졌고, 이 공원의 평화가 소중하게 여겨졌지만 말이다.

나는 어떨까? 예전의 순전한 패기와 열정은 사그라들었지만, 좋았던 자신의 일부를 지키며 나아가고 있을까? 그리하여 괜찮은 사람이 되어가고 더 나은 방향으로 살아가고 있을까?

퀼트 조각보처럼 제각각의 주말을 즐기는 공원. 젊었던 나의 히프 색을 탐하던 프라하 꼬마의 형편이 나아졌을지 어땠을지 궁금해하다, 그 아이나 나나 좀 더 넓어지고 좀 더 깊어진 통속적인 아줌마로 살아가면 다행이겠단 생각이 들었다.

이후의 삶이 궁금해졌다

체코 ✳ 프라하 2~3일

여행을 나누다

꿀꺽꿀꺽 목울대 바쁘게 흑맥주를 들이켜고 있는 이곳은 스트라호프 수도원, 어젯밤 프라하 주재원으로 와 있던 후배와 만난 곳이다.

변했다 해도 여전히 매력적인 프라하였다. 돌아다니지 않고는 못 배길 멋진 도시여서 여행의 출발 때와 좀 다른 느낌으로 사흘을 지냈다. 그러니까 길 위의 삶에 몸이 적응하고 마음이 뒤따라, 서울 집 시계는 안중에도 없이 마셔도 마셔도 다음 잔이 아쉽다는 듯 프라하의 낮과 밤을 탐했다.

오가다 만난 앞자리 친구도 매한가지 마음이어서, 이 순간만큼은 야경 기막힌 프라하를 함께 사귀기로 했다.

“어떤 점이 좋았어요?”

“한두 가지라야 말이죠. 여기 눌러살아도 좋겠다 싶어요. 한동안은 프라하에 붙들려 살 것 같아요.”

무엇이 그렇게 흔들어댔을까?

서로의 여행을 듣는 밤으로 출발했다.

대화1. 나의 어제 이야기

“포비든, 포비든(금지, 금지)!”

고리를 걸 틈도 없이 화장실 문이 열리더니, 제복 입은 아줌마가 두툼한 손바닥을 펼쳤어요.

“잠깐 기다려요!”

요의를 참아 소름 돋은 팔로 배낭을 뒤졌으나, 웬걸, 매번 같은 자리 챙겨 넣던 지갑이 없지 뭡니까?

“쏘리, 쏘리.”

프라하 카드로 무료인 지하철을 이용하느라, 숙소에서 약 1시간을 건너 프라하 시외 오파토브역에 도착할 때까지 지갑을 숙소에 두고 왔다는 사실을 깨닫지 못했던 거죠.

앙칼지게 쏘아붙이던 한국 아줌마 체면이 말이 아니었지만, 옷매무새를 수습하며 화장실 이용료를 내라는 프라하 아줌마한테 우는 소리를 할 수밖에요. 급했거든요. 그때 짤랑짤랑, 바지 주머니에 동전이 들어 있었어요. 3유로를 지불하고 치졸한 싸움을 끝냈죠.

프루호니체성은 포기했냐고요? 1시간에 두 대 꼴로 다닌다는 버스가 떡 하니 눈앞에 멈춰 서는 바람에 망설일 틈이 없었어요. 게다가 유네스코 세계문화유산으로 지정된 프루호니체성 공원의 가을이 대단해서 지갑 따윈 잊어버렸죠.

프라하 대다수 건축물처럼 그 성도 주인이 바뀌면서 고딕이었다 르네상스였다 다시 고전주의 양식을 덧입었는데, 1885년부터 씨뿌리고 모종한 백작의 노력으로 1,600종의 다양한 식물들을 살필 수 있댔어요. 하여 오크나무, 코토네아스테르 나무, 그야말로 이름만 훑어도 이국적인 공원을 멀리멀리 쏘다녔답니다.

꽃길이 되었다 오솔길이 되었다 산이 되었다 어느새 길마저 뵈지 않는 공원을 가을바람처럼 쏘다니다, 사는 것만큼 변덕스러운 길의 처음에 당도했습니다.

“지갑을 잃어버렸어요….”

주머닛돈으로 성 입장료를 내고 나니 돌아갈 차비가 없었거든요. 어쩔 수 없이 거짓말을 부렸는데, 하교하던 초등학생들로 붐비던 버스여서 기사가 마음을 넉넉히 쓰더군요.

다행히 다시 오파토브역, 숙소 가는 도중 비셰흐라드역에 내렸어요. 도시의 생(生)과 사(死)가 공존하는 곳, 프라하 탄생 신화의 기원지이자 국립묘지가 있는 곳이죠. 산책 후 점심도 거른 상태라, 야트막한 오르막으로 허기가 몰려왔어요.

“한국인이세요?”

"아이고, 죽겠다" 우는 소리는 속엣말이었는데, 한국인은 용케 한국인을 알아보더군요. 사진을 잘 찍던 그분은 프라하에서 가장 오래된 로마네스크 건축인 성 마르틴 로툰다와, 11세기부터 두 첨탑을 겨루며 함께 세월을 까맣게 태우던 성 베드로와 바울 성당을 찍느라 바빴어요.

저야 애당초 생각했던 곳으로 갔죠. 묘지 입구의 지도로 짐작컨대 가까이 48번이 드보르자크의 묘였고, 안쪽으로 좀 더 들어가면 9번 스메타나의 묘와 6번 네루다의 묘를 각각 만날 수 있겠더라고요.

드보르자크의 묘는 높다라니 금방 눈에 띄었는데, 그의 명성만큼 헌화는 많았으되 그의 삶을 증언하는 한 줄이 안 보여 갸웃했어요. 이제 축구공이며 바이올린이며 망자의 삶이 간결하게 새겨진 묘들을 순차적으로 지나면 오벨리스크 같은 세 기둥이 나타나요.

여기서만큼은 "가족을 잃고 청각을 상실하는 불행에 굴하지 않고 〈나의 조국〉을 완성한 스메타나는 체코의 국민 음악가다."라든가, "예술적 사상을 형성하고 표현하는 사람만이 완전한 인간이다." 등 깨알 같은 묘비명을 기대했는데, 화강암 위 오선지를 넘나드는 음표뿐이었죠. 음악이 전부였던 삶의 적나라함, 그 앞에서 망연해졌답니다.

"엽서에 등장하는 바로 그 장소라니까요!"

동행에 이끌려 '높은 성'이란 뜻만큼 광활한 비셰흐라드에서 파노라마를 찍고, 파리 에펠탑을 본떴다기엔 외람된 페트리진 전망

페트리진 전망대에서 바라본 프라하 시내

대에 오를 때였습니다. 그녀 덕분에 빵과 우유는 마련했으나, 유료인 엘리베이터 비용까지 바라긴 염치없는 데다가 죽음 앞에 섰다 와서인지 무욕(無欲)해져서 숙소로 돌아가자 싶었죠.

그런데 그녀가 하도 등을 떠밀어 기어이 199계단을 걸어 올라갔는데…. 전망대에서 바라본 블타바강 위 레기교와 카를교, 마네스교, 체흡교 4개의 다리가 나란히 놓인 해 질 녘 프라하는 정말 돈을 주고 살 만한 풍경이었답니다!

그 원경(遠景)처럼, 자질구레한 삶의 주름을 지운 채 멀리서 바라보니 구불구불 제 인생도 나름 길을 가고 있더군요. 그래서 생각해 봤죠. 과연 그 마지막은 어디일까? 어떤 시그널로 남을까? 열매 맺는 자일까 씨앗 뿌린 자일까, 혹은 느낌표일까 말줄임표일까. 고단한 길일지라도 아직 결정되지 않은 앞으로의 삶이 점점 궁금해지더군요.

대화2. 맛술 친구의 이날 이야기

어쩌다 보니 카프카를 쫓아다닌 하루였어요. 생전의 카프카에게 프라하가 우호적이었는지 어땠는지 잘 모르겠지만, 현재 프라하 이곳저곳에서 관광 기념품으로 소비되고 있는 그를 피하기란 신기(神技)에 가까운 노릇이니까요.

첫날 구시가지 광장에 들르셨다니, 성 니콜라스 성당을 기억하시겠네요? 그곳을 바라보고 좌측 후미진 곳으로 발걸음을 옮기면 무리를 종종 발견하게 됩니다. 1층 카페에서 차를 마시는 현지인들과 위층을 경이롭게 올려다보는 여행객이 대조적인 그곳은 카프카가 태어난 곳, 카프카 하우스랍니다. 워낙 풍파가 잦았던 프라하였으니, 거기도 그 시절 것이라곤 대문짝밖에 없지만요.

생가는 아쉬웠지만, 크게 실망할 필요는 없어요. 천문 시계탑을 바라보고 좌측 미누타 하우스에서 성 니콜라스 성당 맞은편 오펠트 하우스에 이르기까지, 그의 일가가 머문 집은 대여섯 군데쯤? 카프카 연구자가 아닌 바에야 일일이 가볼 필요도, 그럴 생각도 없었지만, 카프카 아버지의 가게였다던 구시가지 광장 골즈킨스키 궁전 1층은 들러볼 만했어요. 물론 카프카의 서점으로 변신한 그곳에서 저는 까막눈 신세였지만요.

구시가 광장 틴 성당 뒤쪽으로 그가 다녔다는 초등학교도 있고, 화약탑에 이르는 첼레트나 길을 따라가면 독일 문학을 배우다 법학으로 전공을 바꾼 그가 다녔던 프라하 카렐대학도 찾아볼 수 있다던데…. 그 대신 저는 프라하성 내, 막내 여동생이 그에게 작업실로 빌려줬다는 황금소로 22번지를 찾아갔습니다.

허리도 펴기 힘들던 파란 대문 안 그 조그만 집에서 그는 벌레도 되고 까마귀도 되었던 걸까요? 부유한 집안에 보험공사 관리로 은퇴할 만큼 직장 생활도 순탄했음 직한데, 폐결핵을 앓으면서도 글쓰기에 몰입했다는 게 저로선 이해하기 힘들었어요. 대가다운 열정일지, 생래적 고독감에 대한 예민함일지 어떨지.

카프카 박물관은 가보셨죠? 황금소로에서 네루두바를 따라 내려오다 발렌슈타인궁 즈음에서 오른쪽으로 꺾어 들면 대번 눈에 띄더라구요. 전 학생이라 120코루나만 내고 그의 친필 편지와 그 편지를 나눈 여인들을 죄다 만날 수 있었답니다. 사생활을 온통 드러낸 그녀들에게 박물관 전시가 바람직했을까 싶다가도 편지는 읽을 수 없었고, 실존을 고민했던 그보다 표상으로 남은 카프카만 만나다 보니 점점 본전 생각이 나더군요. 하하하, 제 짧은 식견 탓일 겁니다.

그의 묘는 비셰흐라드가 아니라, 구유대인 공동묘지에 있다죠? 굳이 거기까지 가긴 그렇고, 스메타나의 길과 마사릭의 길로 이어지는 강변을 거닐었어요. 카프카는 그 길을 산책하면서도 끊임없이 번뇌에 빠져들었다던데, 그러기엔 평화롭고 아름다운 정경이었죠.

불현듯 뭘 그렇게 어렵게 사나 싶더라구요. 그리고 곧장 발길을 돌렸어요. 위대한 예술가가 되긴 글러먹었다는 걸 깨닫는 순간 극심한 배고픔이 느껴졌거든요. 이제 배도 부르고 가게는 문을 닫을 시간이니, 마지막 잔을 비우기로 해요.

각자의 다음 여행을 위해 그리고 이후의 삶을 위해 나 즈드라비(건배)!

기차가 사라진 밤

독일 ⁎ 드레스덴

사건 발발 12시간 전

당장 외출해도 될 만큼 말쑥한 차림의 사람들과, 화장기는 고사하고 마른세수나 했을까 싶은 얼굴들이 함께 식탁에 둘러앉았다. 뒤늦게 의자를 당겨 앉은 중년 남성은 사내아이와 프라하로 여행 온 한국 아빠였다.

그는 아침밥을 먹지 않겠다는 아이를 설득하다 지친 건지 행색이 죄 그 모양 그 꼴이라 상관없겠다 싶었는지, 뻗친 머리를 감추려던 캡 모자를 식탁에 올려놓았다. 프라하 중앙역 근처 한인 민박집 여행객들은 그렇게 두서없이 수저를 들었다.

“여긴 캐러비안 베이가 아니라 말씀! 여기저기 의미를 새기고 어쩌고….”

명소를 훑고 저마다의 핸드폰에 등장인물과 각도쯤이 바뀌었을까, 얼추 비슷한 사진들을 저장한 채 떠나는 여행자들이 도시의 진면목을 몰라봐 안타깝다는 민박집 사장님.

그이가 감자와 양파와 고추를 토막 써는 동안 왕국이 세워지더니 된장국이 끓는 동안 제국이 되고, 샐러드를 버무리고 몇 가지 반찬을 만드는 동안 격동의 세월을 거쳐, 한 끼 소박한 집밥이 달그락달그락 여행객들의 수저질에 여지없이 동나고 체코란 나라의 현재에 다다랐다. 젊은 피를 제물 삼아 약동하는 고약한 역사가, 사람들의 생각을 바꾸고 시대의 흐름을 거꾸러뜨린 어마어마한 이야기가, 속사포처럼 흘러 채 1시간도 되지 않아 끝났다는 게 신통방통했다.

트림까지는 실례겠다 싶어 입을 막고 둘러보니, 듬성듬성 이 빠진 식탁에는 민박집 사장님과 그녀의 두 아들, 그리고 아까의 중년 남성이 그제야 생각났다는 듯 캡 모자를 조물거리며 남아 있었다. 사장님은 마른자리 펴주고 따뜻한 밥 먹이고픈 어느 부모처럼 해주고픈 말도 많았다. 하지만 식탁에서 열 발자국도 떨어지지 않은 게스트룸 문지방 너머의 젊은 친구들에겐 진부한 이야기. 그들은 중년의 우리와 다른 역사를 쓰고 있을 게 틀림없다.

“사람 나름이죠. 지난 촛불 집회 때도 그렇고, 요즘 젊은 친구들 옹골차던데요? 아마 저희가 어렸을 땐 그때 어른들 눈에 맹탕같이 보였을 거예요.”

*

몇 해 전 쌍둥이를 데리고 간 광화문이 떠올랐다. 차량 통제로 몇 정거장을 걸었던 아이들에게 급히 간식을 사 먹이고, 광장 인파 속 5단 신문광고 쪽만 한 자리를 잡았을 때 집회가 시작되었다.

중학생이 나라의 내일을 걱정한다며 연단에 올랐고, 많은 어른들이 미안해했다. 즈음 쌍둥이는 다시 배가 고프댔고, 둘이서 토닥거리다 사다 준 먹거리를 쏟았으며, 화장실에 간다 했다가 급기야 졸립다 했다. 저희 살아갈 세상이 지금보다 나아지길 바라 거기 있단 얘길 삼키고 얼른 그곳을 떠나는 게 상책이었다.

이후 혼자 촛불 집회에 갔을 때, '요즘 젊은이'들을 볼 수 있었다. 집회가 끝난 후 뒷정리에 나서는 친구들이 있는가 하면, 노래하고 춤추며 거리 집회를 즐기는 청년들도 있었다. 그들은 젊은 날 거리에서 민주와 자유를 부르짖던 중년들보다 순하고 낭만적인 투쟁가로 보였다.

시간이 지날수록 그들 덕에 오래 싸울 수 있었단 생각이 들었다. 현실적 절박감도 그렇거니와, 우연히 광화문에서 만났던 이데올로기적 결기 대단했던 중년 친구들이 1시간도 못 버티고 다리 아프네, 허리 아프네, 대열을 이탈해 밥집, 술집으로 향했으니 하는 소리다.

*

몇 번의 촛불 집회를 다니러 가던 사이, 다행스럽게도 부르짖던 몇몇 바람은 이뤄졌다. 그렇다고 개인 사정이 금세 나아지진 않았다. 청년들도 개인적으로 크게 다를 바 없는 하루하루를 받아들이고 있을 것이다.

그래도, 묵직한 역사서에 달랑 한 줄 쓰일 한철 이야기일지 몰라도, 인생 한때를 바쳐 이뤄낸 일이니만큼 각자의 인생에 묵직한 누름돌이 될 거였다. 부딪히고 넘어져도 누름돌 하나 얹고 회생하는 삶은 주위에 선한 영향력을 끼칠 게 분명했다.

갖은 성장통을 겪어낼 아이들이 청년이 되고 중년이 될 즈음 세상은 좀 더 살아볼 만하게 변해야 할 텐데, 그러려면 어른이 어른다워야 할 텐데…. 가슴께가 뻐근했다.

사건 발발 10시간 전

짐작대로, 게스트룸은 지난 역사보다 앞으로의 이야기로 분분했다. 돌아가면 각자 내버려 둔 현실을 감당해야 했다. 여행하며 쉬어간 만큼 콤마 뒷이야기는 속기해야 될지도 몰랐다.

면접 얘기가 화제여서 나는 면접관 경험으로 훈수를 놓느라 말이 많아졌다. 그때 꿈지럭대던 이불 속에서 헝클어진 머리가 튀어나왔다. 이곳 장기 투숙자였다. 아가씨는 드레스덴을 관광하고 다시 프라하로 돌아올 거라며 동행을 제안했다.

숙소에서 서쪽으로 도보 15분이면 중앙역에 닿는다 했는데 좀처럼 목적지는 보이지 않고, 길 한가운데 미심쩍은 꽃다발이 놓여 있는 게 눈에 띄었다. 1969년 1월 19일 죽음을 맞은 21세의 체코 대학생 얀 팔라흐(Jan Palach)가 분신한 자리였다. 프라하의 봄을 짓밟은 '소련의 침략을 아무렇지도 않게 받아들인 대다수의 도덕성 상실에 항거하며 불꽃이 되었다.'는 청년의 이야기가 마치 전날 석간 기사였던 양 꽃이 생생했다.

"드레스덴 DM에 가면 비타민을 사야 해요. 발레아 앰플이랑 아조나 치약도 유명하고요…."

왕복 기찻값을 더해도 프라하에서 쇼핑하기보다 남는 장사라던 아가씨. 프라하의 분신 청년과 다른 시대를 사는 아가씨가 스마트폰으로 쇼핑 품목을 살피는 동안, 기차는 평원을 지나고 엘베 강을 따라 깊은 산에 접어들었다.

"저기예요, 저기!"

엘베 사암 산지, 차창 밖으로 높은 산에 숨어 살던 괴석들이 무리 지어 흘러갔다. 내가 작센 스위스국립공원 내 바슈타이 협곡 트레킹 계획을 전했을 때, 지질학 전공자라며 관심을 보였던 아가씨였다. 그녀가 급히 사진을 남기는 동안 기차는 총 710제곱킬로미터 산지를 미련 없이 제치고 나아갔다.

"저는 천천히 쇼핑하다, 저녁 5시경 기차로 돌아갈게요."

드레스덴 중앙역에 내린 두 사람은 10월의 태양 아래 무지개를 잣던 분수를 지나 드러그스토어 DM을 비롯한 쇼핑가가 도열한 중앙로로 직진하여 크리스마스 마켓이 선다는 알트마르크트 광장까지 동행했다. 어째, 아가씨가 나를 숙소까지 바래다준 꼴이 됐다.

600년이 다 되어가는 크리스마스 마켓에 불이 켜지고 한 잔의 글뤼바인에 취해 관람차에 오르는 상상이 무르익는 동안, 체크인이 끝났다. 그때에 이르러 아가씨는 거기가 어딘지 잘 모르겠다고 했다. 응당 아가씨가 알 만한 거리까지 동행하기로 했다. 그리고 중앙역에서 각자 길을 향해 헤어졌으나….

엘베 사암 산지행 기차를 타려던 나는 시장에서 손을 놓친 아이처럼 뒤에 남겨 둔 아가씨가 마음에 걸렸다. 신세를 졌으니 내버려둘 수도 없고, 난 그녀보다 곱절은 어른이었다.

카톡으로 다시 만난 우리는 DM부터 들렀다. 그녀의 말마따

군주의 행렬 벽화

나 국내 시가보다 훨씬 저렴한 화장품에 휘둥그레진 나도 몇 가지 물건을 골랐다. 그러고도 아가씨가 돌아갈 시간이 남았다 하여 가이드를 자청했다.

여긴 츠빙거궁이에요. 2층엔 마이센 도자기 박물관이 있고, 라파엘로의 〈시스티나의 성모〉와 루벤스, 렘브란트 작품을 볼 수 있는 국립미술관도 있어요. 관심이 없다…니 거기 서보세요. 찰칵. 저녁에 돌아가야 하니 오페라 예약은 좀 그렇고, 젬퍼 오페라 하우스를 배경으로 사진이나 찍죠, 찰칵. 이곳을 바로크의 도시로 만든 프리드리히 아우구스투스 2세 기마상이 함께 찍혔네.

맞은편은 성 삼위일체 대성당, 개신교 많은 드레스덴의 유일한 가톨릭 성당이래요. 폴란드의 왕 자리를 탐내 가톨릭으로 개종한 아우구스투스가 비밀리 건축한 성으로, 그의 심장이 안치되었다

네요. 아뿔싸, 수요일 정오의 파이프오르간 연주를 놓쳤네요.

저쪽으로 레지던스궁의 마구간이었다는 슈탈호프 외벽을 보러 가요. 총 101미터 길이의 벽면에 2,500개 마이센 타일로 만들어진 군주의 행렬은 전쟁 때에도 허물어지지 않았다니, 굉장하죠? 어디 보자, 파노라마로 찍어야겠어요.

여기 신교도의 상징인 마틴 루터 동상 뒤 프라우엔 교회는 제2차 세계대전 때 깡그리 무너졌대요. 하지만 노벨의학상을 받은 독일 출신 미국 생물학자 권터 블로벨이 재건 기금을 내놓아, 1994년부터 10여 년간 복원되어 저 모습이라네요. 돔도 그렇고 바흐가 연주했다는 오르간도 멋지다니 들어갈래요, 전망대부터 오를까요? 이런, 벌써 돌아갈 시간이군요….

그녀를 중앙역까지 배웅한 후 홀가분해진 나는 저녁의 드레스덴을 완상했다. 괴테가 유럽의 테라스라 불렀던 브릴 백작의 정원은 현재 드레스덴 예술대학 차지였는데, 때마침 내려앉는 석양이 돌아온 상이군인에게 건네는 꽃다발처럼 아름다웠다.

소시지에 맥주를 곁들여, 승자와 패자 모두에게 무덤이었던 전쟁이 끝났음을 축배했다. 멀리, 연합군의 융단 폭격에 불바다가 되었던 드레스덴에서 살아남은 어른들이 3,539개 상처를 모아 재건했다는 프라우엔 교회가 백골처럼 빛나고 있었다.

사건 발발

'기차가 오지 않아요.'

이날 동행한 아가씨의 기겁할 만한 문자였다. 알고 보니 기차가 두어 시간 연착한댔다. 위로의 말 외에 딱히 해줄 게 없던 저녁 8시, 다음 날 새벽 버스를 타기 위해 일찌감치 숙소에 든 나는 족저근막염을 앓는 발바닥에 차가운 물병을 대고 마사지 중이었다.

'기차가 더 연착된대요.'

원래대로라면 프라하 중앙역에서 민박집으로 걸어갈 시간, 젊은 피에 바쳐졌던 꽃다발도 시들었을 시간인데….

'헉, 열차가 사라졌어요!'

밤늦은 11시, 아가씨의 문자는 그야말로 날벼락이었다. 유럽에서는 안전 점검이나 파업 등으로 종종 기차가 연착된다고 들었지만, 늦게라도 국경을 넘을 줄 알았던 기차가 전광판에서 사라지다니 무슨 일일까? 자정을 향해 째깍대는 시계 소리가 거칠었다.

'혼자 있어요?'

점심을 오물거리던 입언저리, 복숭아처럼 부숭부숭한 아가씨의 솜털이 떠올랐다. 불행 중 다행으로, 애송이 아가씨는 사라진 기차를 원망하던 한국인 신혼부부랑 같이 있다 했다.

'버스를 찾아보세요.'

드레스덴 중앙역 서북쪽으로 국경을 넘는 플릭스나 프레지던트 버스를 찾아보라 했지만, 아가씨는 정신이 없어 했다.

나의 대답이 더뎌졌다. 이제 12시, 자정을 넘은 시계는 꼬박

다른 날을 달리고 있는데, 아가씨는 지난날 도착한 기차 역사에서 노숙할 판이었다. 그렇다고 아가씨와 함께 하룻밤을 지낼 생각을 하니 그 또한 편치 않았다.

'이쪽으로 오세요.'

마음의 결정을 내렸다. 그런데 이 아가씨, 카톡을 읽을 경황조차 없나 보았다.

'찾았어요! 함께 버스를 타기로 했어요.'

암막 커튼을 젖히자, 농담(濃淡) 다른 어둠이 내 방으로 밀려들었다. 가로등 아래 거리에는 관람차도 트램도 보이지 않고, 국경을 달릴 버스 소리는 당연 들리지 않았다. 의논하고 의지할 어른이 필요했을 텐데, 마땅한 사람이 아니어서 미안했다.

'도착했어요. 감사합니다.'

새벽 2시. 무사한 월경(越境)에 감사했다. 오늘 일로 아가씨는 누름돌 하나 얻었을까. 잠깐이나마 망설였던 내 마음이 부끄러워졌다. 미숙한 나에게 어른의 길을 알려 줄 누군가를 만나고 싶은 밤이 깊었다.

난쟁이 도시에서 가스등을 켜는 거인

폴란드 ✳ 브로츠와프

새벽의 모녀

한 량, 두 량, 세 량…, 빨간색인지 파란색인지, 세단인지 왜건인지, 색깔도 모양도 알아보지 못하겠는 자동차를 위아래 포갠 화물 수송 열차가 어둠을 뿌리치며 북쪽으로 달려갔다. 스트라호프 수도원 양조장에서 맞술 하던 친구도, 프라하 민박집 아가씨도 단잠일 새벽. 드레스덴 중앙역 건너 이렇다 할 이정표 없는 버스 정류장에서 기차 열 량을 세던 나는 폴란드행 버스를 희망하는 내내 하품을 쏟았다.

열하나, 열둘, 열셋…, 동안 역내 레스토랑에 볼일이 있을 냉동 탑차들이 줄 지어 멈췄고, 뒤이어 급정거한 자동차 조수석에서 여인이 내려 달렸다. 운전석의 남편 혹은 연인이 그녀를 따라잡아 서류 가방을 건네곤 분별할 수 없는 입맞춤을 했다.

택시가 늘어났고 승객마다의 구둣발 소리는 다급해졌지만, 불 밝힌 역사 건너 이쪽은 미동 않는 새벽 공기에 의혹이 싹텄다. 이곳 정류장이 틀림없겠지?

스물하나, 스물둘, 스물셋…, 호루라기 소리에 하릴없던 셈을 그만뒀다. 경찰에 쫓겨 역사를 나서는 배낭족들, 도둑이나 강도의 등장처럼 몹쓸 풍경이 아니어서 안도했다. 호텔 삯이 아쉬워 역사 벤치에서 노숙하던 젊은이들이 찬 기운에 머뭇머뭇 담뱃불을 붙였고, 화물 수송 열차가 떠나버린 역사 위로 가녀린 연기가 피어올랐다.

"어쩌고저쩌고, 브로츠와프?"

"어엇? 아마, 아마도…?"

꼼짝 않던 어둠을 가르고 나타난 새하얀 두 얼굴에 깜짝 놀랐다. 낯선 언어에 뒤섞인 서로의 희망을 감지하고, 건너편과 무관하게 이쪽으로 버스가 올지 어떨지 불확실한 어둠을 응시했다. 염려와 달리 '베를린-크라쿠프'행 플릭스 버스는 제시간에 도착했다.

중간 기착지인 브로츠와프행 예약 티켓을 보여 주고 2층 계단을 올랐다. 앞쪽 좌석에 앉아 요깃거리로 배를 채우는 동안 차는 출발할 기미가 없었고, 모녀로 보이던 두 사람은 아래층 기사들과 오르락내리락 심상치 않은 대화를 나누고 있었다.

티켓을 검수하던 버스 조수가 올라와 좌석을 둘러봤고, 잠시 후 버스는 남동쪽으로 내달렸다. 그제야 모녀는 2층으로 올라 건너편 좌석을 차지했다. 그중 딸로 짐작되는 아가씨가 빛바랜 숄을 풀고 오래도록 쓸모를 다했을 손가방에서 사과를 꺼냈다.

우묵한 눈매와 날렵한 콧방울 아래 일자로 다문 입매의 그녀가 엄마에게 사과를 건네는 걸 곁눈질하며, 몇 해 전 '폴란드, 천 년의 예술'에서 마주한 〈워비치의 소녀〉를 떠올렸다. 그리고 그녀가 코페르니쿠스와 마담 퀴리와 한 조국일 거라 속단했다.

당시 전시는 폴란드의 역사전 같았다. 10세기 무렵 독일을 막아내기 위해 기독교로 개종한 폴란드는 십자군 전쟁을 치르고 수차례 몽골 침입을 받다가 14세기 폴란드-리투아니아 연합 왕국을 수립하며 중흥의 길로 나아간다. 독일계 튜턴 기사단을 물리친 〈그룬발트 전투〉와 러시아를 이긴 후의 〈프스쿠프의 스테판 바토리〉가 그때를 증명했다.

크라쿠프에서 바르샤바로 수도를 옮긴 지그문트 3세 바자의 결혼 행렬 기록화인 〈스톡홀름 두루마리〉를 지나면 빌라노프궁에서 나오는 〈얀 3세 소비에스키〉를 만날 수 있었다. 생동감 넘치는 이 대작은 17세기 발트해에서 흑해까지 유럽 최대 영토를 가졌던 폴란드의 호시절을 진군하고 있었다.

이후 폴란드는 우리 역사를 배우며 지겹도록 들었던 지정학적 위치 때문에 숱한 침략을 겪고, 3국(합스부르크 제국과 현재 독일로 축소된 프로이센과 러시아) 분할통치로 123년간 망국의 슬픔을 겪는다. 이 시절 프랑스로 망명했던 쇼팽은 버스에 함께한 아가씨처럼 나쁜 안색의 초상화로 만났다.

제1차 세계대전이 끝나도록 독립을 위해 싸웠던, 제2차 세계대전 때 독일과 소련에 차례로 침공당하면서도 끈질겼던 이들의 이야기는 일제 강점기 우리나라를 연상시켰다. 이후 공산 정권에 항거한 역사도 우리나라 근현대사와 다른 듯 많이 닮아, 내 여행의 종착지를 번복할 만큼 폴란드는 궁금한 나라가 됐다.

1989년 자유화를 선언한 이래 1996년 OECD, 2004년 NATO, 2005년 EU에 차례로 가입하면서 시장경제체제로 돌아선 이 나라는 지금 희구하던 삶에 다다랐을까. 뒤늦게 자본주의의 길로 합류한 이들의 현재를 통해 늦된 삶의 변명 혹은 위로를 찾으려던 이방인 건너에는, 아무것도 짐작지 못할 모녀가 서로의 어깨에 기대어 깊은 잠에 빠져 있었다.

한낮에 만난 난쟁이

'돈을 왕창 뽑지그래요.'

어찌해도 익숙해지지 않는 폴란드의 한 도시, 브로츠와프에 도착한 이래 처음 발견한 ATM 기기 옆 난쟁이가 속삭였다. 폴란드의 입지를 말하듯, 어딜 봐도 유로넷 기기였다. 배는 고프고, 환전소인 칸토르 역시 뵈지 않았다. 브로츠와프 대학가에 이르러서 환전 수수료 저렴한 폴란드 은행 기기를 찾았다.

'삐뽀삐뽀 길을 비켜요.'

호스와 사다리를 든 두 난쟁이와 마주쳤다. 구시가지 광장으

로 돌아가던 길, 이 도시 최장신이라는 엘리자베스 교회 앞에서였다.

교회는 1529년의 우박과 제2차 세계대전의 화염에서 회생한 후로도 1976년 대화재를 겪었다는데, 불우한 역사에도 건재한 폴란드인처럼 상처에도 단단한 붉은 벽돌을 한 층씩 오르면 91미터 첨탑이랬다. 그곳엔 오데르강을 휘감아 도는 도시 풍광을 즐길 전망대가 있다 했지만, 배가 고팠다.

'이곳에서 배불리 먹어요.'

피자집 앞 배가 불뚝한 난쟁이였다. 그래도 폴란드 전통식을 먹자 싶어, 피에로기가 맛있다는 레스토랑을 찾았다. 난해한 대화가 오갔고, 감자와 양파로 속을 채운 것과 고기와 버섯과 치즈가 버무려진 피에로기가 골고루 3개씩 잘 구워져 차려졌다. 반달 모양 만두 같은 이 음식을 갈릭 소스에 찍어 입에 넣으니 바삭, 굶주린 혓

바닥보다 귀가 먼저 달아올랐다.

'이곳에서 지도를 구하세요.'

시장기가 가시고 박공지붕 위 아르누보 장식이 화려한 구시청사를 지나 관광객으로 왁자한 맥도날드 옆(폴란드 은행 기기가 그제야 여럿 보였다!) 관광 안내소를 찾았을 때, 지도와 카메라 차림의 난쟁이가 말했다. 오가다 만난 '시시포스의 두 난쟁이'를 포함해서 400여 개가 훌쩍 넘는 난쟁이 동상 지도를 6즈워티에 구할 수 있었는데, 정작 이날 만나고픈 사내는 표시되어 있지 않았다.

농사를 돕고 곤경에 처한 사람을 구한다는 이곳 난쟁이는 장난이 심하지만 사람을 좋아하여 잘만 대접하면 부자가 되게도 만든다는 우리나라 도깨비 같다. 물론 이곳 난쟁이는 공산 체제에 반발하던 대학가 벽화로 환생해 저항의 상징으로 더 유명하다.

이들을 찾아다닐 의욕은 없어서, 수줍게 호객하던 폴란드 청년을 좇아 카페에 앉았다. 때마침 민소매 차림의 또 다른 청년이 큼지막한 비눗방울을 피워, 광장은 금세 아이들의 까르륵대는 소리로 부풀었다. 공교롭게도 일곱 난장이를 만난 이날, 잠에 드는 묘약을 먹은 백설공주처럼 눈꺼풀이 차츰차츰 무거워졌다.

백마 탄 왕자를 바랄 나이가 아녔는데도 온종일 맘에 품은 사내는 있어, 자칫 그를 만날 시간을 놓칠까, 시계를 보다 말다 끄덕끄덕 잠이 들었다.

밤을 밝히는 램프라이터

오후 5시, 해는 기울고 사내를 만나기 알맞은 시간이다. 이 도시에서 가장 오래됐다는 피아스코비 다리를 건너 새파란 툼스키 다리 앞에 이르러 뱃사공들에게 물었다.

“선셋 무렵 저기 성당에서부터 이 다리로 오갈 테니, 여기서 기다리면 만날 수 있어.”

가만 앉아 기다릴 성미가 못됐다.

다리를 건너 한때 귀족과 성직자들이 모여 살았다는 성당섬으로 들어섰다. 그런데 높지도 낮지도 않게 매한가지로 늘어선 담을 어떻게 분간할까. 저녁 든 거리는 다소곳했고, 성 십자가 성당과 두 첨탑의 성 요한 대성당 어디에도 사내의 자취를 찾아볼 수 없었다.

벌써 다른 곳으로 가버렸나, 툼스키 다리에서 기다릴걸 그랬나, 이대로 만나지 못하는 걸까. 그때 인적 드문 골목길로 거대한 그림자가 드리워졌다.

“헬로!”

당신을 찾아 한국에서 왔노라 밝히자, 사내는 멈칫했다.

“동행해도 될까?”

“…일단 차에 타.”

타자마자 1분도 걸리지 않는 어느 길가에 주차를 마친 남자는 1시간 정도 소요될 거라며 다짐받듯 일렀다. 그리고 차의 트렁크를 열어 걷고 기다란 프록 코트를 꺼냈다.

그럼 그렇지. 에디슨이 전구를 발명하기 전 이 도시의 파수꾼

으로 존경받았다는 램프라이터였다. 이제 곧 사내의 활약으로 어둠이 강탈한 브로츠와프 골목들은 제 모습을 찾을 거였다.

"이 도시 가스등은 몇 개나 돼?"

"전부 103개. 하나가 고장 나 102개만 불을 밝혀."

"그걸 일일이 기억하다니, 대단하다! 이 일을 한 지는…?"

"이 일을 하던 친구가 소개해 준 뒤로 지금까지 10년쯤?"

"10년 동안 매일 저녁 가스등을 밝히러 다녔단 말이지?"

"아니, 두 명의 동료랑 돌아가며 일해. 이번 주는 월요일과 목요일이 내 당번이야. 낮에는 다른 일을 하거든. 그래도 브로츠와프 사람들을 위해 하는 이 일이 가장 보람돼."

드넓은 유럽에서 이곳과 벨라루스의 브레스트에서만 볼 수 있다는 램프라이터. 그가 제 키 만한 막대를 쭉 밀어 올려 4촉 가스등의 상하좌우를 재빠르게 점등하고 검은 가운을 휘날리며 다시 걸을 때면 낙엽들도 일어나 환호했다.

점점 부탄가스 냄새에 머리가 띵해지는 나와 달리 사내의 걸음걸이는 확고했다. 오종종 그를 따라 툼스키 다리로 돌아왔을 무렵 한 치 분간 못할 물안개에 가로막혔을 때도, 사내는 머뭇거림 없이 나아갔다.

사반세기 동안 내 이름표였던 '편집자'는 시작부터 배고픈 직업이었다. 은행이나 대기업에 취직한 친구들의 연봉에 비하자면 앞자리 수부터 기가 죽었다. 그래도 과거엔, 어둠을 밝히는 램프라이터처럼 시대 지성의 출판이라며, 시청률과 광고 수익으로 민감했던 방송계를 떠나 출판인으로 사는 게 자랑스러웠다.

그런데 각종 기기와 여러 매체의 등장으로 편집자 생활이 난처해졌다. 애초에 비주류였던 업이 주류가 될 가능성을 바랐던 건 아니다. 경쟁이 치열한 출판업계에서조차 구닥다리 신세를 면치 못하는 개인의 한계 때문이었다. 그래서 오랜 전통을 이어가는 램프라이터처럼 가던 길을 계속 걸어도 무탈한지 확인하고 싶었다.

시티 투어 중이던 빨간 자동차에서 내린 남자들이 사내를 에워싸는 바람에 그와의 동행은 끝이 났다. 찰칵찰칵, 그를 기다리던 플래시가 여기저기서 터졌다. 폴란드 서북쪽 도시의 유명 관광 상품이 된 그는 여러나라 각양각색 사진기에 데이터로 남을 것이다. 와중에 가스등을 켜는 사내는 묵묵히 제 길을 갔다.

성큼성큼 걷는 그를 따라잡지 못하고 뒤처진 나는 물안개에 갇혔다. 하필 핸드폰까지 방전되었다. 유령처럼 등장한 현지인에게 길을 물어 구글 지도를 따라 간신히 숙소 가는 트램을 탔다. 트램에 올랐을 땐 주머니에 동전이 없어 쩔쩔맸는데, 이 도시 젊은이가 자신의 교통카드로 해결해 주었다.

어려움에 놓인 사람을 도와주고 오랜 가치를 지킬 줄 알며 불의에 저항할 줄 알고, 가족 간 정을 잃지 않은 이들로 따뜻해진 날. 책을 만드는 일이야말로 세상과 온기를 나누는 휴머니즘으로 여전할 텐데, 삶의 기저가 흔들린 내가 딴마음을 품은 건 아닐까. 진실의 알약을 삼킨 듯 입이 썼다.

사과와 용서를 배웁니다

폴란드 ✳ 크라쿠프

우리에게 잘못한 사람을 용서하여 준 것같이

"Wrocław głowny"

숙소 창밖, 첩첩 안개 너머 도시의 심장처럼 꺼지지 않던 네온사인은 '브로츠와프 중앙역'이라고 읽는다. 위로 체코와 독일과 아래로 과거 폴란드의 수도였던 크라쿠프로 떠날 기차는 물론이거니와, 오스트리아 등으로 뻗어가는 분주한 역의 이름표였다.

도시는 오래전 브라티슬라프, 브로티슬라, 브레슬라우, 프레슬라브, 브레슬라우 등 다양한 이름으로 불려졌다. 평지가 90퍼센트인 폴란드가 외침이 많았던 걸 떠올려 보면, 보헤미아 왕국령이었다 합스부르크 왕국령이었다 프로이센령이었다 제2차 세계대전 이후에나 다시 폴란드령이 되어 브로츠와프로 불리게 된 이 도시 사람들도 다사다난한 삶이었으리라 쉽게 짐작할 수 있다.

조식 후 자전거를 빌려 어제보다 좀 더 큼직하게 동심원을 그리기로 했다. 그런데 호텔을 나서자마자 브레이크를 잡기 힘들 만큼 손 곱아드는 냉기와 선뜻 페달을 밟아 달리기엔 여전한 안개에 어영부영 두 발이 되었다 네 발이 되곤 했다.

쿵, 아니나 다를까 누군가와 부딪히고 말았다. 맙소사, '익명의 보행자'들이었다. 지식인과 노동자, 남녀노소 구분 없이 언제 꺼질지 모를 불안한 땅에서 삶을 지탱했던 사람들, 폴란드 공산 정권하에서 부지불식간 사라진 아무개를 기리는 동상이라 했다. 장을 보고, 타이어를 갈다, 혹은 미처 다하지 못한 일을 떠올려 나섰을 각각은 모두 어디로 사라졌을까.

크라쿠프행 기차 시간이 남아 대성당 섬으로 계속 달렸다. 발트해에서 빈과 베니스 등으로 호박(琥珀)을 운송했다는 앰버 로드, 그 일부였던 피아스코비 다리를 어제도 지났건만 단풍처럼 빨간색인 줄 미처 몰랐다. 파란색 툼스키 다리만 찾느라 놓친 게 많았다.

샌드섬 한두 성당을 지나고 자물쇠 철겅철겅 매달린 툼스키 다리를 건너 익숙한 길로 달렸더니 어제 사내를 찾아 헤맸던 성 요한 대성당 앞이었다. 비질하던 수도사를 방해할까 봐 내려 걷자니 어느 벽면에 성당의 두 첨탑이 잘려 나간 1945년 이 거리의 참혹한 사진이 걸려 있었다.

숙소로 돌아올 때에는 이곳 대주교를 지낸 블레스와프 코미넥 추기경의 동상을 만났고, 그 발치의 'Przebaczamy I Prosimy O Przebaczenie[(우리에게 잘못한 사람을) 용서하오니 (우리 죄를) 용서하여 주옵고]'란 주기도문을 보았다. 훗날 빌리 브란트 서독 총리가 독일의 과거를 참회하고 원수지간이던 두 나라가 손을 맞잡을 수 있었던 건 이 몇 음절에 응집된 우주적 용서 때문이랬다.

브로츠와프 호텔 근처, 아름다운 한철을 위해 오래도록 준비해 온 공원에서 숨을 골랐다. 크고 작은 나무들이 노랗고 빨갛게 혹은 여직 파래서 더욱 알록달록 가을 든 공원에서, 이처럼 다름을 품는다면 우리 삶도 꽤 괜찮을 텐데 싶었다.

우리 죄를 용서하여 주시고

500년 이상 폴란드 수도였던 크라쿠프 역사 플랫폼은 번잡하기 이를 데 없었다. 엘리베이터를 타고 오르니 까르푸 주차장이었고, 지하로 내려가니 시내로 향하는 통로가 갈래갈래 많기도 했다.

"여기요!"

머리를 묶어 얼굴이 좀 큼지막해 보이는 청년이 나를 반겼다. 크라쿠프 한인 민박 사장인 그는 선뜻 내 캐리어를 당겨 트렁크에 실었고, 공원을 지나 역사에서 몇 분 걸리지 않는 곳에 차를 세웠다.

오가기 편리한 곳이었지만, 좋아하긴 일렀다. 대문이 열리고 한창 보수공사 중인 건물의 철골을 타고 넘어 시멘트 가루에 그의 발자국이, 뒤이어 내 발자국이 났다.

계단을 올라 민박집 현관문이 열리자, 이번에는 퀴퀴한 냄새가 비위를 건드렸다. 거실 소파에는 언제 빨았나 미심쩍은 붉은 천이 씌어져 있고, 방문을 열자 이층 침대 뒤로 닫히다 만 캐비닛이 눈에 들어왔다. 아무렇게나 쑤셔 박은 베갯잇이며 이불들이 여차하면 박차고 나올 형국이었다.

"바빠서 얼른 설명드릴게요."

숙박비도 받지 않고 서두는 청년 사장은 바르샤바로 떠났다 이틀날 돌아온댔다. 한식 아침상을 기대하고 한인 민박을 찾았던 나로서는 난데없었다. 게다가 방문 열쇠도 고장 난 휑뎅그렁한 숙소에서 이날 밤 소방관인 한국인 아저씨와 단 둘이 묵어야 했었다.

꽁무니 빠지게 청년 사장이 떠난 후 화장실에 들어갔다. 세면대 수도꼭지가 제멋대로 돌아가 저도 모르게 욕지기가 나왔다. 세탁기도 고장 나 있었다. 옷이나 갈아입자 방에 들어섰을 땐 사람 키만큼 갸름한 유리창 너머 시멘트를 바르던 인부가 씨익 웃고 있어 엉덩방아를 찧고 말았다.

엉망진창 숙소에서 도망치듯 거리로 나서자, 이번엔 가을비가 앞을 가로막았다. 우산을 가지러 들어가고픈 마음도 일지 않아 후드를 뒤집어썼다. 아까 청년 사장이 선택한 길과 다른, 그러니까 크라쿠프 기차역 남쪽에서 구시가지로 곧장 연결되는 지름길은 구글 내비게이션이 알려 줬다.

지금은 아무도 감시하지 않는 바르바칸 아래, 성벽 북문인 플로리안 성문을 통과해, 바벨성으로 향하던 왕의 대관식 행렬이 지나갔다는 플로리안스카를 걸었다. 이탈리아 산마르코 광장 다음으로 유럽에서 광활하다는 크라쿠프 구시가지 중앙광장을 냅다 가로질러 도보 20분 남짓 남쪽의 바벨성에 다다를 때까지, 머릿속 온통 엉망진창 숙소 생각뿐이었다. 핼러윈 복장의 호객꾼을 피했고, 이 도시를 부유하게 만든 비엘리치카 소금광산과 아우슈비츠 나치 강제 수용소로 떠나는 현지 투어 예약은 잊었다.

걷고 걸으며 그 숙소에 머물까 떠날까, 엎치락뒤치락 생각을 거듭하는 동안 빗방울이 점점 굵어졌다. 바벨성 근처, 떠나던 청년 사장을 붙들어 유일하게 전해 들은 골롱카 맛집에 들어갔다. 음식을 기다리며 이 호텔 저 호텔 데이터를 뒤졌지만 마땅한 숙소를 찾기도, 당일 부킹도 쉽지 않았다. 게다가 골룽카가 무지 짰다.

"불행이 닥쳐온 이 순간 내가 '신이시여, 왜 저인가요'라고 묻지 않는 것은, 불행보다 여섯 배는 더 많았던 행복의 순간에 '왜 저인가요'라고 묻지 않았기 때문이다."

후배의 필체를 본 적은 없지만, 프라하에서 건네받은 책에서 떨어진 것이니 분명 그녀의 메모였다. 그 내용이 1968년, US오픈 테니스대회 사상 첫 흑인 우승자인 아서 애시가 은퇴 후 병상에서 남긴 말이란 건 나중에 알았다. 프라하 민박 사장이 부러워하던 해외 주재원 아내로 살아가기 전, 가난과 인종 차별에 저항했던 스포츠맨의 말을 새겨야 할 사연이 그녀에게도 있었을까.

비는 그쳤고, 수런대던 마음도 가라앉았다. 바벨성 붉은 성벽을 따라 올랐다. 슬라브인으로선 처음으로 교황에 오른 요한 바오로 2세, 그가 크라쿠프 대주교 때 미사를 집전했다는 바벨 대성당이 거기 있었다. 그는 나치 독일 점령하의 폴란드에서 많은 유대인을 구했고, 공산 정권 시절 폴란드를 처음 방문한 교황으로서 자유화에 큰 힘을 보탰다 했다.

어느 해부턴가 모았던 크리스마스 씰 앨범에 그의 방한 기념 우표도 있었던 듯한데, 결혼 후 친정집이 이사하면서 그 앨범이 쓰레기로 버려졌는지 남의 손을 탔는지 잘 모르겠다. 어떤 구경거리보다 좋았던 탁 트인 언덕을 족히 1시간가량 걸었을 때, 지나는 바람에게선지 바벨성을 휘도는 비스와강에게선지 배려받지 못해 화난 마음을 위로받았다.

느지막이 숙소로 들 때 맞은편 현관문이 급히 열렸다. 나흘을 머문다는 일본인이 와이파이 비밀번호를 가르쳐달랬다. 쯧쯧쯧, 바르샤바로 떠난 청년 사장이 운영하는, 한인 민박 맞은편 에어비앤비 투숙객이었다.

다행한 건 밤늦게 자코파네에서 돌아온 소방관이 불장난을 좋아하지 않는다는 사실이었다. 목례를 나누고 거실의 불을 끈 후 각자의 침실로 들었다.

생각하는 방식이 다르고 입장이 다르고 성이 다르고 잠자는 시간이 다르고, 무엇보다 나와 같을 수 없는 세상이었고 타인이었다. 이해받기보다 이해하기 익숙할 나이가 되고도 그게 마음처럼 잘 되지 않아 이날도 무척 애를 먹었다. 결과적으로 별일 아닌 데 매여 여행길은 엉망이 됐지만, 또다시 때를 놓치기 전에 이 하루를 사과하고 용서해야겠다.

지난날 부끄러움도 죄 사과할 수 있으면 좋으련만. 내 많은 실수를 용서받고 싶은 날이 저물고 있었다.

내 반쪽은 안녕하신지 안부를 묻습니다

폴란드 ＊ 자코파네

삶을 견딜 수 없을 때 항상 자코파네가 있다

10월 말 크라쿠프 썰렁한 민박집 6인용 도미토리룸에 혼자 누워 있자니 청승맞기 짝이 없어, 난로 두 줄 시뻘건 적외선이 어느 짐승의 눈이었어도 반가울 뻔했다. 유리창으로는 그보다 훨씬 높은 데서부터 달음박질했을 비가 저마다의 길을 택해 떨어지고 있었다. 타인의 온기가 보태지지 않은 침대를 걷어차고, 일찌감치 시외버스 터미널로 나서기로 했다.

마침 출발까지 5분도 남지 않은 버스가 있다며 창구 아주머니가 손가락으로 가리켰다. 매표소로부터 대각선, 잽싸게 몸을 날렸다. 숨을 헐떡이는 아무라도 있었다면 쑥스럽지 않을 텐데, 오래된 금전 출납기를 사이에 두고 버스 기사와 여행객들이 평화롭게 거래하는 중이었다.

아무렴, 시시때때 출발하는 자코파네행이라 달릴 필요까지야…. 티켓을 받던 기사가 웃었다. 인생사 알고 보면 바보짓인 게 이뿐인가요, 마주 웃었다.

빈자리를 찾아 둘러보니 만석, 아침 7시 10분발 버스에 이 많은 사람이 몰렸다는 점이 놀라웠다. "삶을 견딜 수 없을 때 항상 자코파네가 있다."는 폴란드 속담처럼, 거기 앉은 대개가 삶이 견디기 힘들어 그곳으로 떠나는 걸까.

누구에게랄 것 없는 호기심을 지우듯 윈도우 브러시가 부지런히 오가는 동안 차는 쉼 없이 달렸다. 체온이란 그런 건지, 더할 나위 없는 숙면 끝에 눈을 떴을 땐 옆자리 남자의 어깨를 빌리고 있었다. 창밖 누런 얼룩소가 풀을 뜯느라 상관하지 않은 게 참말 다행이었다.

겨울을 이끌던 비가 산을 넘지 못하는 사이 자코파네 버스 터미널에 도착한 여행객들은 기지개를 폈고, 이들을 맞은 침엽수들도 덩달아 기운을 차렸다. 툰드라산맥을 오르기엔 안성맞춤인 날씨, 옆자리 남자는 숱한 여행객에 섞여 로컬 버스에 올랐다.

그러니까 그곳에서 멀지 않은 숙소로는 홀로 떠났다. 쓸쓸한 것 같기도 하고 애타게 혼자의 시공간을 좇은 듯도 하고, 측량할 길 없는 발길에 낙엽이 섞여 들었다. 다시 기댈 데 없는 몸은 한 자락 바람에도 오싹해졌다.

바다에서 태어나 산에서 지내는 호수

기세 좋게 산을 오르던 로컬 버스가 멈추자, 겨울을 잔뜩 물고 오던 비가 다시 질주했다. 입장료와 함께 우비 값을 치르며 질척대는 흙탕길에 낭패를 예감했으나, 비 내리던 제주 장생의 숲길 감흥이 떠올라 마차를 뒤로하고 걸어 오르기로 작정했다.

이런, 위도가 다르단 걸 깜빡했다. 흙길도 내밀한 숲도 아닌 아스팔트 멋없이 뻗은 산길은 원하던 트레킹 길이 아녔다. 그래도 두 필 말이 끄는 마차 두어 대 정도가 나란히 지날 만한 산길 오르는 우측으로는 의혹에 찬 산이요, 좌측으로는 계곡 물소리 거센 야성의 땅이었다. 한마디로 몇 폭, 인간에게 허락된 까만 아스팔트를 벗어나면 아무렇게나 뾰족하니 성미 대단한 산이었다.

꼬르륵, 편의점 간이식으로 때운 배로 모험 활극을 펼치게 생겼다. 그때 유모차 아이의 손에 든 초코바가 눈에 띄었다. 쩝, 입맛을 다시다 아이 부모와 눈이 마주쳐, 아는 사람을 찾는 양 요란스레 주위를 둘러봤다.

아이의 부모보다 한참 어린 커플, 단체 여행 온 학생들, 연세 지긋한 어르신 들이 앞서거니 뒤서거니 행렬을 이뤘다. 폴란드 제일 높은 타트라산맥 카스프로비산 포장도로를 통하면 두어 시간 만에 해발 1,395미터 모르스키에 오코(Morskie Oko) 호수에 닿는다는 걸 알고 떠난 사람들이었다.

네댓 명이 아스팔트 길을 이탈하길래 그들을 쫓았다. 무명의 길로 오르는 사람보다 20분 빠르게 호수에 도착한다는 팻말을 지나자 가파른 산길이 나타났다. 그 길이 끝나고 다시 문명의 길로 나아갔을 땐 마차도 허락하지 않는 전나무와 너도밤나무 들의 울창한 숲이 가로막고 있었다. 거기로부터 30여 분 더 오르면 호수가 있다는 건 저돌적인 바람이 말해 주었다.

그 산을 오른 이후 맨 처음 만난 레스토랑에서 배를 채우고 눈

산중 호수인 모르스키에 오코

요기하던 초코바를 쟁였다. 그로부터 얼마 후 만년설 산자락에 숨은 유순한 모르스키에 오코를 만났다. 산을 담고 묵직해진 하늘을 담고 바위와 언저리 기웃대는 사람들을 모두 담고도 찰방찰방 까불대지 않는 호수. 표지판에는 최대 51미터 수심이니 수영을 금하되, 사람과 야생동물이 먹을 수 있는 맑은 물이라 쓰여져 있었다.

"…위에서 미끄러져 내려온 빙하는 바위 입자로 채워진 분지를 조각했다. 수천 년 동안 미세한 입자들은 씻겨 나갔고, 오늘날 호수는 최대 15미터의 가시성(可視性)과 함께 깨끗한 물을 자랑한다.…"

표지판 설명대로라면 이 호수는 마지막 빙하기 지각변동으로 바다 지형이 융기해 생겨났다. 오래전 여행가들이 발견한 이 호수가 '바다의 눈(Eye of the Sea)'이란 폴란드어 '모르스키에 오코'로 명명된 이유겠다.

그렇다면…. 호수는 바다의 삶이 그리울까, 산에 속한 이대로가 좋을까. 호숫가 한 바퀴 돌고 나면 그 답이 구해질까, 어떨까.

절뚝거리는 반쪽

*

여기 호수처럼 속 깊고 너그러운 친구가 있었다. 언제부터 친구가 된 건지 그녀에게 확인할 길 없지만, 누구나 한 명쯤 가지고 있을 소싯적 단짝이었다.

그녀는 때아닌 두발 단속에 하굣길 교장 사택 초인종을 누르고 도망하는 찌질이의 저항을 모른 체했고, 자율 학습을 땡땡이치고 영화 보러 다니는 날니리의 알리바이가 되어주었다. 밤샘 공부를 하자며 집에 불러놓곤 도둑이 들었다 난리법석을 피우던 망상가 때문에 학기말 시험을 망쳤지만, 추억이라 웃어주던 그녀였다.

일탈도 일상도 함께였던 그녀가 고향 근처 대학에 입학하면서 서울 소재 대학교로 오게 된 나와는 뚝 떨어지게 되었다. 당시 학보를 주고받는 게 유행이라 안부를 대신했고 그마저 드문해졌지만, 그녀는 늘 나보다 더 나를 믿었다. 마침 대학 졸업을 앞두고 아버지의 강제 귀향 조치로부터 달아나야 했을 때, 먼저 취업한 그녀는 반달치 봉급을 털어 밝혀지지 않은 내 꿈을 지지해줬다.

서로의 길이 달랐고 삶의 형태도 조금씩 변해 갔지만 영원한 내 편으로 남았던 그녀. 우리는 하필 부부 연을 같은 시기에 맺는 바람에 각자의 결혼식 사진에 그리운 얼굴 하나 박지 못했다. 남기지 말아야 할 기억처럼 어쩌다 보니 그리됐지만, 결혼 후 더욱 무심해진 나와 달리 변함없이 다정하니 안부를 묻던 그녀였다.

꽃피던 시절이며 옹이 진 시절을 나누다 마흔, 쌍둥이 백일 상을 준비하던 초겨울 낮에 이번엔 그녀의 언니로부터 전화가 왔다. 그녀가 의료사고로 큰 병원에 입원했다는 전갈이었다. 갓난아이들을 어쩌지 못해 병원 근처에 사는 친언니를 대신 문병 보내고 마음을 태운 지 1주일, 결국 받고 싶지 않은 전화가 오고 말았다.

마음속 큰 벽 하나가 무너지는 듯했다. 젖을 물던 아이들을 남편에게 맡기고 새벽 기차를 오르다 그해의 첫눈을 맞았다. 친구의 마지막 편지인가 싶다가도 눈물에 녹아내려 통 알아볼 수 없잖나 투정을 부렸지만, 영정 사진 속 그녀는 환하게 웃을 뿐 말이 없었다.

*

모르스키에 오코를 돌며 그 친구를 과거형으로 떠올린다는 건 쓸쓸한 일이었다. 하여 내려가는 길에는 기분 전환 삼아 마차를 타기로 했다. 마차를 타겠다고 보채는 아이들 때문에 실랑이를 벌이던 옆의 4인 가족 중 아빠만 도보로 내려가고, 남은 가족이 나와 가까운 자리로 올라앉았다.

"딸각, 딸깍"

목가적으로 느릿하게 오르던 마차가 내리막길이어선지 담요를 깔고 덮어도 온몸이 쨍쨍 얼어붙을 정도로 속도를 냈다. 말똥 냄새가 대단했으나, 옆자리 꼬마가 신나게 노래를 부르는 바람에 별것 아니란 표정을 지어야 했다. 그리고 아이 때문에 갈라섰던 부부는 하산길에 재회했다.

마을에 도착하자마자 신발 가게를 찾았다. 진창에 더러워지고 무거워진 운동화를 대신할 새 신이 필요했다. 튼튼한 부츠를 골랐고, 여행 내내 함께였던 운동화는 따로 챙겼다.

저녁을 먹으러 레스토랑에 들어갔더니, 문간으로 둥글게 앉은 사람들이 축배를 들고 있었다. 결혼 10주년을 축하하는 자리라고 했는데, 주인공이 누구인지 몰라보게 모두들 빼입고 있었다.

우리 부부의 10주년엔… 아무 일도 없었다.

차라리 그게 나았다. 쌍둥이 수발에 정신이 없던 때였으니 그럴 만했다. 하지만 10년 전의 삶으로 곤두박질친 후, 나는 우리 부부의 20주년 혹은 30주년을 기대하지 않게 되었다. 하산길 부부처럼 각자 방법대로 함께하면 될지, 단짝처럼 세월을 덧입으며 달라지는 서로를 품으며 살아가면 어떨지….

숙소로 돌아갈 때 도시는 어둠으로 침몰 중이었다. 모처럼 서울 가족의 안부를 묻고 싶었지만, 여전히 새 신이 불편했다. 우리 부부도 이런 모습이겠다. 오래 신은 신발 같던 단짝 대신 인생 걸음을 함께하게 된 부부는 아직 더 많은 물집이 잡히고 굳은살이 생겨야겠다. 그때가 언제일지, 바다에서 나서 산과 살아가는 모르스키에 오코 호수처럼 과거의 반쪽이 떠난 자리를 함께하는 지금의 반쪽과 편안해질 날을 그려보며 절뚝절뚝 걸었다.

인생은 리얼리티와 판타지 그 어디쯤

폴란드 ✳ 다시, 크라쿠프

숲속 나무 집에서의 꿈

허풍선이 아버지와 달리, 유리구슬 눈을 가진 마녀 따위 믿지 않는 아들은 사실을 다루는 기자다. 그러니 시종일관 말도 안 되게 번드르르한 모험 일색 아버지의 과거사에 신물이 날 수밖에. 하지만 다가갈수록 아버지의 삶은 거짓이 아닌 성싶고, 마침내 아버지의 장례식 날 그 드라마를 함께한 범상치 않은 인물들이 조문객으로 등장하며 아버지의 이야기는 진실 같기만 하고….

문득 영화 〈빅피쉬〉가 떠오른 건 자코파네 숙소의 벽마다에

걸린 액자들을 보면서였다. 액자 속 흑백사진에는 처음 지어진 모습대로의 숙소가 덧문이나 이층 유리문이 달리지 않은 날것으로, 누군가를 보듬기 어려웠을 그 목조건물 앞에는 잘 차려입은 일가족이 나란히 서 있었다.

또 다른 사진에는 갈색 곰과 회색 늑대가 활개 치는 숲으로 사냥을 나섰던 어른들이 어제의 마부처럼 검은 가죽끈이 박음질된 양가죽 바지와 양털 조끼를 입은 채 긴 엽총을 둘러메고 있었다. 한쪽 어깨에 도끼를 든 젊은이와 파이프를 물거나 콧수염 가지런한 어른들이 삶의 위험천만한 현장으로 떠나기 전인지 어쩐지, 잔뜩 멋을 내고 포즈를 취한 사진도 있었다.

그들 중 어떤 이는 숲에서 실종됐거나 야생의 희생양이 됐겠지만, 사진은 그 모두를 숲의 정복자 즈음으로 남겨 두었다. 하여 인생의 얼룩일랑 드러내지 않은 일련의 가족사진은 판타지 필름 같았다. 까칠한 현실일랑 암전시킨 채 영광의 순간만 조명한 가족 연대기의 내러티브, 이 점이야말로 전후 신산한 가장의 일상을 허풍으로 각색한 영화 속 아버지의 이야기와 닮은꼴이었다.

숲속 나무 집에 비하면 우리 집은 얼마나 삭막한지. 이는 집 평수를 줄여 이사할 때 아이들 장난감은 물론이거니와 내 애정하던 책들과 남편의 오랜 LP판과 축음기 등 삶의 유쾌함을 우르르 몰아낸 결과였다. 그나마 박스에 담겨 정체를 들키지 않았던 부부의 결혼식 앨범과 저희 성장 일기장이 단란한 가족의 한때를 증거하며 불안한 현재를 안도케 했다.

그러니 가족사는 부풀려지고 윤색되어도 무방하겠다. 흔들리는 현실을 지탱할 유일한 판타지일 때는 더더욱.

시집와서 종종 들었던 시어른들의 영화 같은 이야기도 그런 판타지의 일종이겠다. 새 식구가 들어오고 손주가 늘어날 때마다 시아버님이 풀어냈던 아주 윗대로부터의 이야기는 잠자는 숲속의 미녀가 물레질하듯 되풀이됐는데, 하품하는 며느리들과 달리 꼬마 손주들은 장신의 고조할아버지가 휘두른 무사 칼과 신통방통 내력을 자랑스러워했다. 부모의 이야기가 나의 일부가 되고 우리의 이야기가 아이들의 뿌리가 되어, 그다음 다음의 이야기로 자라며 가족은 이어지겠지.

돌아가면 여태 박스에 갇혔을 오랜 앨범을 꺼내야겠다. 저희만 했던 엄마 아빠가 저희를 낳고 키우기까지 얼마나 영화 같은 날들을 겪었는지 들려줘야지. 어쩌면 이곳 식당에 깔린 가죽이 살아있는 곰으로 둔갑한 이야기가 등장할지도 모르겠다. 그리하여 몇 대에 걸쳐 내려온 이곳 비밀의 요거트를 두고, 그 곰과 엄마가 대단한 실랑이를 벌였다는 허튼소리가 보태질지도 모른다.

자코파네에서의 목가(牧歌)

곰과 엎치락뒤치락하는 꿈을 꾸다 체크아웃 시간을 놓칠 뻔했다. 히터 옆으론 전날의 양말과 운동화가 흙물 든 그대로 바짝 말라, 더 머물고픈 내 마음처럼 숲속 나무 집과 제법 어울리는 정물이 되어 있었다.

도심인 크루포브키 거리는 이미 많은 관광객으로 북적거렸다. 일직선인 이 거리의 남동쪽으로 가면 전날의 모르스키에 오코 호수에 닿고, 그 북서쪽으로 꺾어 지하보도를 따라 오르면 구바우프카 등산 열차 푸니쿨라를 탈 수 있기 때문이다. 이날 나는 북서쪽으로 향했는데, 구바우프카산이 목적지였다.

해발 1,123미터 정상에서 멈춘 푸니쿨라를 내려 산등성이 의자에 앉고 보니 어제 오른 타트라산맥이 마주 보였다. 최고봉이 2,600미터라 했건만 거기서 보니 도긴개긴, 높이를 짐작 못할 만큼 멀었다. 가장 높은 데서 떨어진다는 비엘카 시클라바 폭포 소리는 들리지 않았고, 모르스키에 오코 호수는 당연히 눈에 띄지 않았다.

단속 없는 심전도 그래프처럼 오르락내리락, 화강암인지 석회암인지 하늘과만 구분된 겹겹의 능선은 무궁한 생명선 같다. 알프스 산양이 뛰어다니고 때마다 짝짓기를 시도하는 마모트와 그들을 먹잇감 삼을 점박이독수리가 살아가는, 에델바이스와 스위스 소나무와 무엇이 될지 모를 홀씨까지 품은 거대한 둥지. 그곳과 이 산 사이 길을 내고 집을 올린 마을은 고작해야 몇 줌이어서, 숲속 나무집의 가족사에 비해 대서사극일 수밖에 없는 자연 앞에 더없이 겸허해졌다.

일요일을 맞아 몹시 붐비는 산 아래 재래시장에는 양을 키워보지도, 만져본 적도 없는 나로서는 죄다 진짜 같은 양털 가죽 제품이 널려 있었다. 그쪽에서 올려다보면 산 중턱 모락모락 김 오르는 오두막집 산사람들인 구랄족이 키우는 양들의 것이랬다. 눈요기로 그친 그것들을 대신하여 나무 주걱과 도마와 구랄족이 만든다는 훈제 양젖 치즈인 오시치펙을 딸기잼과 함께 넘치게 샀다.

살아생전 다시 올 수 있을까 싶은 머나먼 숲속 작은 마을. 주섬주섬 이곳의 삶을 거둔들 이곳을 떠나는 아쉬움이 쉽게 가시겠냐마는, 훗날 삶에 지쳤을 때 하룻밤 목가를 떠올려 위안 삼기 더없이 좋은 생활 도구란 생각에서였다. 그날의 판타지를 위해 좀 더 뭉그적대다 크라쿠프행 버스에 올랐을 때, 현실의 하늘에서 우르르 쾅쾅 비가 내렸다.

크라쿠프에서의 현실

청년 사장으로부터 저녁을 대접하겠다는 연락이 왔다. 뒤늦은 사과인지 몰라도, 그치가 주방을 얼쩡거릴 때 부실한 방문 안에서 부스럭거리기 뭣해서 숙소로 가다 말고 시내로 향했다.

차라리 여대생을 따라갈 걸 그랬다. 도로 정체가 심해 자다 말다 할 때, 어느 정류장에선가 올라탔던 옆 좌석 친구 얘기다. 그녀는 폴란드에서 가장 오래된 크라쿠프 야기엘론스키 대학 졸업반, 그러니까 천문학자 코페르니쿠스와 교황 요한 바오로 2세와 『끝과 시작』이란 시집으로 내 인생에 훅 들어온 노벨문학상 수상 시인 비스와바 쉼보르스카의 까마득한 후배였다.

"흐음."

폴란드에 매료된 이방인과 달리 여대생은 제 나라 얘기에 심드렁했다.

"졸업하면 이곳을 떠나 서유럽으로 가려는 친구들이 한둘이 아냐. 나도 그곳에서 직장을 구해 많은 돈을 벌고 싶어, 여기저기 여행도 다니고 싶고. 아직 바르샤바도 가보지 못했지만 말이야."

대학 졸업장이 예전만큼 먹고살 길을 보장하지 않는 건 한국도 마찬가지였다. 그래도 그녀의 현재를 응원하고 싶었다.

"폴란드는 정말 매력적인 나라야. 사람들은 친절하고 음식도 하나같이 맛나더라. 그러니 다 잘될 거야."

"나두 치즈는 정말 맛있다고 생가해."

서툰 영어가 비합리적 대화를 허용한 덕에 심오한 미래를 얼버

무릴 수 있었다. 그 후 크라쿠프 버스 터미널 도착 전 이날 샀던 오시치펙 한 덩이를 건넸다. 여대생은 손사랫짓하면서도 내 선의에 답하듯 구시가지 맛집을 소개해 주겠다 했다. 그걸 마다하고 숙소로 가다 돌아섰으니, 또 배배 꼬이는 크라쿠프 여행길이었다.

지난날 부리나케 걸었던 시장 광장을 다시 볼 기회였다. 그런데 하필 이날 폴란드 독립을 위해 싸웠던 시인 아담 미츠키에비치의 동상과 미국 독립전쟁의 영웅으로도 이름난 타데우시 코시치우슈코 장군의 사후 200주년 기념전 플래카드는 비에 젖어 처량맞았다. 그럼에도, 이들이 꿈꿨던 세상이 폴란드 여대생에게 닥친 현실과 한참 동떨어져 있을지 몰라도, 불 밝힌 시장 광장은 목숨을 걸 만큼 아름다웠다!

저녁 7시의 숙소로 돌아오자, 함께 방을 쓸 아가씨와 민박 사장의 지인이자 이곳 대학 교환학생(말하자면 아까 폴란드 여학생과 동창뻘 되겠다)으로 와 있다는 남학생이 기다리고 있었다. 한국인이란 것 외 공통점이 없는 기묘한 조합에 젓가락 부딪는 소리만 크던 식탁은 몇 차례 술잔이 오가며 시끌벅적해졌다.

젊은이들의 많은 꿈이 오갔고, 그중 민박집 청년 사장의 이야기가 독보적이었다. 뉴질랜드에서의 이민자 가족으로서의 삶에서부터 2011년 대지진을 겪은 이래 돌고 돌아 한국 미용 제품 무역업 계획까지, 그의 일대기는 원대한 꿈을 향해 뻗어나갔다.

빈말일지언정 폴란드 여대생처럼 무턱대고 응원해 주고 싶지 않았다. 되레 당신의 꿈을 위해 불편을 겪을 많은 게스트를 생각해서라도 지금 하는 일이나 잘하라며 쓴소리를 더하려다, 인생의 순서는 각자 정할 바라 입을 다물었다.

술자리를 정리할 때 다음 날 이른 기차를 타는 내가 조식을 안 먹겠다 말하고 동숙하는 아가씨가 늦도록 자겠다 하여, 조식 걱정 사라진 청년 사장은 더없이 기분이 좋아졌다. 그렇게 두 남자가 떠난 숙소는 음식 찌꺼기 어룽진 식탁과 수북한 설거지거리 등으로 다시 복학생 자취방 같은 정취로 돌아갔다.

금방 잠이 든 아가씨와 달리 역한 냄새에 뒤척이던 나는 설거지를 해치워야 속이 시원할 것만 같다. 하는 수 없이 벌떡 일어나 개수대로 향하던 나는 흠칫 놀란다. 청년 사장의 삶이 허황되다며 혼자 따져대다 지독한 현실주의자가 된 자신을 발견했기 때문이다. 판타지와 리얼리티를 오가는 시소 놀음 같은 인생에서 꿈꾸는 시간을 쫓아냄으로써 불행한 세계를 자초한 건 아닐까.

삶을 대하는 온전한 태도를 찾겠다며 떠난 여행길에서 냄새나는 물컹한 수세미라니, 유쾌하지 않은 현실에 헛웃음이 나왔다. 꿈나라로 떠나는 게 백 배 나았다.

모험이 끝나면 닿을 그곳

폴란드 ✳ 그단스크 1일

대륙의 끝으로

무진장 해 좋은 날 돌아다닐 처지가 아니고 보면, 세상 그렇게 불공평해 보일 수 없다. 어릴 적 배달 간 엄마를 기다리며 가겟집 쪽창으로 동네 아이들 재미난 놀이를 훔쳐볼 때도 그랬고, 벚꽃 축제를 맞아 '노세 노세 젊어서 노세' 울려대는 확성기 가락 따라 발가락 까딱대며 교실에 붙박였던 고3 때도 그랬다. 그리고 오랜만의 쨍한 날씨에 창밖 소들처럼 초원을 어슬렁대기는커녕 기침마저 조심스러운, 졸음 가득한 그단스크행 기차에 갇혀 있자니 절로 그런 생각이 들었다.

여행 초였다면 창밖 끝없는 초록 양배추밭에도, 감자나 사탕

무 등이 심어졌거나 밀을 거두어 진작 속을 뒤집었거나 했을 시커먼 땅에도 감탄했을 텐데, 넓디넓은 평원을 지오그래픽 다큐멘터리 되감듯 바라보는 건 고문에 가까웠다. 한결같은 지평선에 신기할 것 없다 하품했고, 위도가 달라지는 조짐인지 객실의 파리하니 시신 같은 얼굴들 때문인지 수시로 몸이 떨려 왔다.

식당 칸으로 옮겨 조간신문을 읽는 활기를 마주하니 급하게 허기가 져, 갓 만들어진 샌드위치를 한달음에 먹어치웠다. 그때부터 창으로 호호 입김을 몰아 산과 새를 그려 넣었다. 공을 들여 본들 진짜 새가 날까마는 식당 칸에서 마땅히 해야 할 일이 끝났으므로 객실을 피해 생기 있는 이곳에 머물 이유가 필요했다.

커피를 홀짝이며 중대한 볼일인 양, 시답잖던 창밖 풍경에 손가락 그림을 더했다. 얼룩덜룩 창문으로 갸름하니 동글한 얼굴에 안경을 씌웠다. 그동안 많이 자랐을까? 어디 아픈 덴 없을까? 아이들 얼굴에 마음이 닿자, 공연한 감상에 젖었다.

*

어느 주말, 아빠를 기다리던 녀석들과 북악산 스카이웨이를 걸었던 날의 일이다. 그때 단풍은 어찌나 곱던지, 가지가지 열매를 물어대는 통에 더뎌지는 산행이 즐겁기만 했다. 저건 팥배나무, 이건 상수리나무, 그건 잘 모르겠고~. 그렇다고 팔각정까지 오를 생각은 아니었는데, 무료함을 참지 못하던 녀석들이 분발한 덕에 두어 시간 후 정상에 다다랐다.

컵라면과 달달한 주전부리로 선심까지 썼다. 그리고 되짚어 내려가자 했더니, 쌍둥이는 그제야 힘들다 난리를 쳤다. 올라올 때처럼 뭐라도 물어주면 좋으련만, 도시 전망도 별 볼일 없다며 한마디 쏘아붙였다.

"모험이 끝났잖아요."

*

그러게. 이곳 풍경이 새삼스러울 것도 없고 어마하게 떨어진 그곳의 소소한 하루들이 그리워지는 걸 보니, 아이들 말마따나 모험이 끝나가고 있음이 분명했다. 헤어지기로 작정한 애인의 편지처럼 속만 시끄러울 회사 업무 메일은 아직 열어보지 않았건만, 아이들에 대한 그리움은 부풀어 점차 근심으로 그 정체를 바꾸었다.

해적선의 모험

"빠아앙!"

그단스크 중앙역을 빠져나오자마자 질주하는 차들의 경적이 무시무시했다. 중앙역 작은 가게에 들렀다 무뚝뚝한 할머니를 겪고 항구도시 특유의 억센 분위기를 짐작했지만, 이 정도일 줄이야. 덕분에 비 쏟을 듯 험상궂은 날씨엔 초연해졌다.

한국 그 많은 항구도시 하나쯤 사귀었길 바라며 이정표를 살

펐다. 127킬로미터로 가장 가까운 러시아 칼린그라드부터 스페인 바르셀로나 등과 함께 멀리 3,968킬로미터 떨어진 카자흐스탄 아스타나까지 그단스크의 자매도시는 많고 많았지만 반가운 이름은 없었다.

물리적으로 내 태생과 먼 그단스크. 대륙에서나 폴란드에서나 중뿔나게 북쪽이어서인지, 한국의 폴란드 대사관마저 이곳 정보에 박했다. 제2차 세계대전 발발지였던 단치히의 현재이자 동유럽 '철

그단스크 거리 풍경

의 장막'을 최초로 걷어낸 연대자유노조운동의 발원지라 뭔가 찾길 바랐는데, 대륙의 끝에 닿으면 뭔가 있을 거라며 선불리 실망하긴 싫었는데….

여행자에겐 홀리데이나 마찬가지인 월요일, 제2차 세계대전 박물관은 휴관이었고 솔리다르노시치 박물관은 구시가지로부터 한참 멀었다. 역사박물관도 문을 닫은 오후, 해적 갤리선을 타러 모타바 강변으로 갔다.

도시 제일 자랑이라던 크레인이 눈에 들어왔다. 중세 시대 화물을 나르고 선박 돛대를 세우던, 유럽에서 가장 큰 목조 크레인은 멀리서 봐도 거인의 팔뚝 같았다.

근처에는 흔들흔들, 기름때 절은 블랙펄호가 출항을 준비하고 있었다. 바이킹의 롱십이어야 옳을 듯한 발트해 연안에서 영화 〈캐리비안의 해적〉에 나오는 종횡무진 해적선이라니 어쩐 일인가 싶어도, 그 배를 타겠다는 모험가들은 꽤 많았다.

배는 방금 본 크레인을 지나고 한창 부유했던 도시의 곡물 창고였던 비스파스피흐슈프섬과 오워비안카섬을 지나, 여러 나라가 탐했던 발트해로 서서히 나아갔다. 수문식 독이 열리자 차가운 바람이 갑판 위 구경꾼의 볼을 사정없이 때렸고, 노비포르트 항구 즈음까지 양쪽으로 도열한 조선소 공장들은 사나운 매연을 뿜었다.

2008년 한국을 위시한 아시아 조선업체에 밀려 이곳 조선소가 문을 닫니 마니 떠들던 뉴스가 진짜였나 싶을 만큼 거대한 선박과 크레인이 시야 가득이었다. 조선소 전기공 출신이었던 바웬사 대통령에 대한 남다른 자부심일까, 혼자 생각에 골똘한 동안 독일어 억양의 영어 가이드가 이곳 조선소 회사들을 끊임없이 읊어댔다.

"왓? 내릴 수 없다뇨?"

제2차 세계대전의 격전지였던 베스터 플라테 공원에서 몇몇 사람들이 올라타는 동안 나를 비롯한 두엇은 다릿널을 건너지 못하도록 제재를 당했다.

"이게 마지막 배예요."

내 뒤의 두 청년은 쉽사리 납득하고 2층 갑판으로 돌아갔다. 이게 아닌데, 선체 만드는 공장을 보려고 찬바람에 매연까지 참으며 왕복 1시간 해적선 투어를 택한 게 아닌데….

"여기 오는 편도 티켓과 왕복 티켓을 함께 팔았잖아요?"

"당신 티켓을 보여 줘요."

"왕복 티켓이에요. 하지만 전 위령비를 보러 왔다구요!"

"그건 돌아갈 때 볼 수 있어요. 시즌마다 마지막 배편이 다르고, 오늘은 오후 3시 승선이 마지막 타임! 지금 여기서 내리면 당신 알아서 택시를 타고 시내로 돌아와야 해요. 미리 말해 두겠는데, 이곳은 대중교통이 흔치 않아요. 내릴 거예요?"

협박일까, 친절한 설명일까. 구글맵을 켜보니 시내까지 20분, 우버를 사용할까 싶은 찰나 핸드폰이 울렸다.

"좀 있다 전화할게. 지금…."

"엉엉, 나 열나서 토했어. 엄마가 빨리 오면 좋겠어. 엉엉."

"병원은? 아빠는 뭐하시니?"

"목감기래. 아빠는 지금 엉엉, 자고 있어. 엉엉."

기댈 곳을 찾아 더듬거릴 때 너무 멀리, 아무 보탤 손 없는 엄마여서 미안했다. 아빠를 깨워 냉장고에 있을 비상 해열제를 챙겨 먹이라 이르는 동안, 배는 서서히 방향을 틀었다.

회항하는 배 우현으로 모습을 드러낸 27미터 붉은 벽돌 원통형 노비포르트 등대는 발트해에서 가장 아름다운 등대 중 하나이기도 하고, 제1차 세계대전 후 자유시였던 이 도시를 호시탐탐 노렸던 독일 전함이 1939년 제2차 세계대전의 신호탄을 쏘아 올린 가공할 역사적 전쟁터라 했다. 승무원의 설명대로 배의 좌현으로 당시 독일 나치의 공격에 저항했던 폴란드군 위령비가 나타났으나, 엄마의 자리로 급선회한 마음은 이 모든 것에 무감해졌다.

다시 시커멓게 그을린 산업 지대로 들어섰을 때, 마도로스 모자가 잘 어울리는 백색 수염의 기타맨이 엉거주춤 자리를 잡았다. 노랫말은 잘 알아들을 수 없었으나 어느 틈에 졸음이 찾아왔고, 해적선 모험은 수확 없이 끝났다.

모험의 끝을 향해

대해를 향해 유람선을 띄웠던 모타바강은 먹빛이 되었고, 밤은 한낮의 영광과 근심 모두를 삼켰다. 가로등 점점이 켜져 화장을 마친 가게들은 구경꾼을 유혹했고, 잠들었는지 어쨌는지 무소식인 핸드폰을 만지작대던 나는 근심도 못 이길 굶주림을 해결하러 강변 레스토랑에 들었다.

발트해에 면해 있는 그단스크는 9~10세기 역사에 등장한 이래 13세기 한자동맹에 참여하여 무역항으로 번성을 누리면서 폴란드 해양력의 중심지로 떠올랐다. 이곳을 독일 튜튼 기사단에게 빼앗겼다 15세기에 온전히 되찾은 건, 폴란드-리투아니아 연방 때 남쪽에서 이슬람 세계를 끌고 오던 오스만 제국을 막아낸 얀 3세 소비에스키의 활약 덕분이랬다.

브로츠와프로 이어지는 앰버 루트에서 알 수 있듯이 천만 년 바다를 견뎠던 소나무 송진이 석화되어 노랗게 빛나는 천연 호박은 발트해 연안 도시의 진짜 보물로, 그단스크는 이 보석과 함께 대륙의 곡물과 청어를 팔아 부를 누렸다. 그런데 폴란드군이 그토록 목숨 바쳐 항전했던 도시는 이제, 석탄과 시멘트 들을 팔며 예전만 못한 눈치다.

도시 가이드를 훑는 와중 넙치구이가 차려졌다. 청어는 아녔으나 쫀득하니, 한낮에 휘뚜루마뚜루 지났던 구시가지 넵튠 분수가 떠오르는 맛이었다. 독보적으로 뾰족한 첨탑 건물은 구시청사였고, 그 가까이 있는 넵튠 분수는 항구도시 표상인 삼지창 든 포세이돈의 다른 이름이었다.

넵튠 분수가 있던 드우가 거리는 과거 귀족들의 거주지여서 거리 곳곳에 표식을 남겼다. 연회장 혹은 법정으로 쓰이다 18세기 곡물 거래소로 쓰였던 아르투스 코트가 그랬고, 1609년 도시 시장을 지낸 이와 부유한 상인이자 문화 스폰서였던 그의 아내에 의해 세워진 골든하우스가 그랬다.

메인 요리에 달려 나온 야채스프는 건물들을 사이에 두고 드우가와 수평으로 뻗은 마리아카, 즉 호박 거리처럼 속을 파고 들수록 인상적인 맛이었다. 부유한 상인과 금세공업자들이 모여 살던 그 거리에서 호박 액세서리도 멋졌지만, 갤러리이거나 호텔이거나 한 건물들이 흰 수리와 조개와 불가사리와 청어 등 스트라피토 기법으로 멋지게 장식되어 있어 감탄했다.

전후 무너진 집들을 어찌 그리 품위 있게 재건했을까 생각할 즈음, 레몬이 잠긴 그자네 비노 그러니까 글뤼바인이 나왔다. 마치 호박길 깊숙이, 유럽에서 가장 큰 벽돌 성당이라는 성모 마리아 성당처럼 붉고 따뜻했다.

취기 오른 걸음으로 나선 강변 건너편에는 경박한 불빛의 앰버 스카이가 빈 물레처럼 돌고 있었다. 저걸 타봤자 공사판이 도시 전망의 전부겠다 싶을 만큼 여기저기 퉁탕거리는 도시의 밤. 동유럽에 민주화가 물결친 이래 이곳 사람들은 서유럽으로 떠나고, 먼 곳의 우크라이나인, 러시아인, 북한인들은 이곳으로 취업 이민을 떠나온다는 얘기를 어디서 읽었더라?

발만큼 오락가락한 기억을 더듬으며 흐느적흐느적 숙소 가던 길, 밥과 술과 하루 이야기를 나누는 생활이 즐비한 그단스크의 밤은 인양한 보물선처럼 아름다웠다. 문득 모험을 떠날 때와 좀 다른 좌표일지라도, 나의 종착지는 결국 가족들이 머무는 그곳일 거란 예감이 들었다.

벌써 갱년기라니 거짓말이면 좋겠어

폴란드 ✳ 그단스크 2일

되고 싶은 무엇

만날 날이 며칠 남지 않은 걸 알게 된 둘째 아이는 대중없는 기다림에 마침표를 찍음으로써 고열로부터 해방됐다. 한편, 직장 후배의 안부 문자에 돌아갈 날이 코앞이란 걸 실감한 나는 석연치 않은 감정에 부쩍 초조해졌다.

그단스크 중앙역에서 50킬로미터 달려 말보르크역까지, 몇 시 몇 분에 도착하겠단 약속이 새겨 있지 않은 이날 기차표처럼 아무 날 아무 시 돌아가는 티켓이면 좋으련만. 사흘 후면 또 다시 지구 저 너머 삶을 시치미 뚝 떼고 살아가야 한다.

오전 9시 6분, 로컬 열차는 남루했고 어지간히 덜깅거려 마음이 차분해지지 않았다. 게다가 말보르크성으로 체험 학습을 떠난다는 옆자리 학생들의 수다가 대단해 더욱 그랬다.

그래, 학교 밖은 언제나 즐겁지. 대입 수험생이 되기 전 초조했던 고2 겨울, 낙동강 철새를 보러 갔던 기차간도 저들처럼 짹짹거렸지. 금기된 많은 것을 함께했던 악동들은 당시 어른들 눈엔 시간 모르고 날아온 제비 떼 같았을 테다. 엄동설한 고3이 들이닥쳐 급히 교실로 귀환할 때 한 친구가 낙오한 게 안타깝지만 말이다.

*

언변 좋고 넉살 좋던 그 친구를 다시 만난 건 대학 졸업 후 고향으로 끌려갈 주제를 면하려 선배가 물린 방송국 스크립터 자리를 꿰차고 분발하는 척할 때였다. 어찌 알고 서울 신천역 근처 회사로 찾아왔는지 1층 수위실에서 다짜고짜 전화를 넣은 그녀. 마침 여의도 본사에 마스터 필름을 넘겨 한갓진 날이었고, 유선 전화기 줄처럼 배배 꼬여 버린 하루의 끝이었다.

당시 MBC는 간판스타급 손석희 씨와 백지연 씨의 가세로 더 소문이 난 노조 쟁의로 시끄러울 때여서, 대자보 너울대는 건물 기둥을 돌아 공정 방송의 외침을 비켜 편성국으로 오르자면 자연 낯이 뜨거워졌다. 그래봤자 정규직도 노조원도 뭣도 아니었지만 사측에 빌붙었다는 과민함은 어쩔 수 없어 재래시장을 배회하다 느지막이 사무실로 돌아왔을 때, 야단을 작정한 선배를 맞아야 했다. 그리하여 도망칠 구실이 절실했기에, 그 친구를 둘러싼 불신과 의혹의 소문은 다 잊고 그녀를 만나러 로비로 달렸다.

술집으로 옮겨 술잔을 치곤 실없는 얘기를 나누는 와중에 친구는 눙치듯 제 일자리를 부탁했고, 나는 부끄러운 현실을 얘기해야 했다. 강남 몇 집 과외비를 추렴할 때보다 못한 임금에 프로그램이 결방되면 조연출의 재량껏 부풀린 진행비에서 잔푼어치 할당받지 않는 한 국물도 없는 계약직이란 고백이었다.

그런 것쯤 상관없다던 친구에게 적절한 자리가 나면 소개하겠다 약속하고 허둥지둥 돌아섰을 때, 작가가 PD가 성우가 그 무엇이 되겠다며 당장의 아무 일에라도 덤볐던 동료들을 떠올렸다. 그들 사이 무얼 되길 바라는지 모르는 얼굴은 나 혼자였다.

손석희 씨가 포승줄에 묶였을 무렵 시청률은 따놓은 당상이라던 정치드라마 팀으로 옮겨갔다. 행정 부서의 소품 지원마저 남다른 대접을 받던 팀이었지만 여전히 스크립터, 기차를 몰아갈 화부가 모자라 간이역에 선 아무나를 태운 듯 처음과 크게 달라지지 않은 역할이었다.

친구가 앙망하던 대스타들의 대본 리딩 때도, 덕소와 민속촌과 스튜디오를 오가던 촬영 때도, 역사를 휘저었던 정치인 인터뷰 때도, 오랏줄에 묶인 사람처럼 답답한 건 여전했다. 곤경에 빠지면 뒷문 열어줄 마음 넉넉한 선배는 생겼으나, 마음 쏟을 연인을 찾지 못한 사춘기 소녀처럼 안절부절못하던 스스로를 속이는 건 오래가지 못했다.

어느 날 그 친구가 수상쩍은 일로 지역 뉴스에 올랐다는 소식이 전해졌고, 집안 사정이 참작되어 벌금형에 그쳤다는 소문도 덧들었다. 거짓말을 갑옷처럼 두르고 살던 그녀의 삶의 방식을 납득할 순 없었지만, 근성만으로 살아낼 미래가 아니어서 함께 씁쓸했고, 건강을 핑계로 방송국을 그만두며 사회 초년생인 우리끼리의 약속은 애초 예상했듯 허망한 일이 됐다.

*

노면을 달리던 바퀴 소리에 기억을 닫을 때까지 열차 내 학생들의 목소리는 여전했다. 잠들어도 찌든 채인 어른들과 달리 상기되어 있는 그들. 깔깔깔 한 덩어리로 웃는 저 아이들이 세상 나서기 전에 무언가 되고픈 마음이라도 품어야 할 텐데, 남 일이 아니란 듯 다시 초조해졌다.

말보르크성의 유산

유네스코 세계유산으로 지정된 말보르크성은 20헥타르 평평한 지면에 축성된 세계 최대의 중세 고딕성이다. 반나절 동안 천천히 돌아다닐 생각이었지만, 막상 눈앞에 두고 보니 쉽게 속내 드러내지 않을 사람마냥 고집스럽고 단단한 층층의 벽돌이 길고 길어 입이 쩍 벌어졌다.

매표소에서 신청한 오디오 가이드에 따르면 로우 캐슬-미들 캐슬-하이 캐슬 순으로 나아갈 테지만 역사는 거꾸로 증축되었다 했다. 해자도 풀밭이 되어버린 마당에 그걸 따지는 건 불필요했고, 줄을 잡아당기면 제아무리 날랜 사자라도 뼈가 으스러질 만큼 뾰족하니 육중한 철문이 내려오는 건 영화에서나 보길 바랄 뿐이었다. 그리하여 첩첩 요새를 29.5즈워티, 한화 1만 원에도 못 미치는 입장권으로 함락했다.

노가트 강변 요새에서 제일 먼저 만난 로우 캐슬은 과거 대형 무기고와 마구간과 곡물 창고와 양조장 등이 위치했던 곳으로, 현대 차량 수백 대가 지나도 될 만큼 넓었다. 최대 3,000명을 수용하던 성, 그 안에서 복작댔던 인생들이 무엇을 바랐는지는 모르겠지만 먹고 마시던 그 많은 삶을 지키기 위해 투쟁했다는 건 쉽게 상상할 수 있었다.

다시 망루와 해자와 성벽을 거쳐 성경에 종종 출현하는 참포도나무 열매 주렁주렁 그려진 그물형 천장의 홀을 지나면 미들 캐슬의 뜰이 나온다. 여기 미들 캐슬은 서유럽에서 방문한 기사들이 머물던 곳이어서 작은 침실과 병든 기사들을 위한 진료소와 대형 응접실 등을 갖추고 있다. 특히 대형 응접실에서는 모두들 해보듯 바닥에 난 금속 구멍에 손을 대보았다. 물론 장작을 때 돌이 데워지고 그 돌을 덮고 있던 바닥의 구멍으로 열이 퍼지면 1주일도 거뜬히 지낼 수 있다던 중세식 난방 시스템은 다 지난 전설처럼 차가웠다.

작은 뜰을 지나 등장한 하이 캐슬은 요새의 요새여서, 공포를 자아내는 가고일이 새겨진 은밀한 복도를 지나다녀야 했다. 문을 열면 고관들이 중요 정책을 정했다는 챕터 하우스. 관람객들은 국정을 논하는 기사처럼 성주의 자리를 중심으로 벽으로 둘러진 의자에 앉았지만, 아무것도 결정짓지 못한 채 쑥스러운 웃음을 나누었다.

하이 캐슬의 뜰 북서쪽엔 요새의 수도원 부엌이 있었다. 중세의 식탁은 견과류, 건포도, 무화과 등과 수입 과일을 아낌없이 차려내며 부를 과시했을 텐데, 지금은 딱딱한 빵과 과일 등이 모형으로 존재했다. 그래도 독일, 헝가리, 그리스, 이탈리아에서 공수한 와인뿐 아니라 몇십 종류의 맥주를 구해 마실 만큼 풍요로운 시절을 보냈다는 건 부엌의 규모로 짐작할 수 있었다.

> "말보르크성은 1945년 연합군의 폭격에 골조만 남았다 재건되었다. … 알려진 대로 십자군 원정은 속셈 제각각이던 왕과 교황과 군인과 수도사 들이 예루살렘을 이교도로부터 되찾겠다는 명분으로 뭉친 이래 9차례나 이뤄졌다. 그때 결성된 튜턴 기사단이 십자군 전쟁 이후 이곳 이교도 정복을 요청받아 왔다가 이 지역을 점령했다. … 거의 150년 만에 폴란드가 이곳을 되찾은 후에도 요새 주인은 여럿 바뀌었는데, 프로이센령이 되었다 폴란드령이 되고, 히틀러에게 넘어갔다 다시 폴란드에게 넘어오기까지 요새의 겉모습은 물론 속도 많이 바뀌었다."
>
> — 말보르크 역사 전시실 기록 발췌

돌아 나오는 길에 활짝 핀 장미는 보았으나 이들을 가꾸었다는 수도사들은 무덤으로 남아 있었다. 어떤 요새도 시간을 막지 못

한다는 진실이 가슴을 찔렀다.

늦은 점심은 성내 레스토랑 '고딕'에서 해결하기로 했다. 폴란드 마지막 왕의 셰프로부터, 그러니까 14세기부터 내려오던 레시피대로 만든 요리를 대접한다고 했다. 따끈한 스프와 참깨빵이, 뒤이어 잡곡 튀김옷 입혀진 슈니첼과 감자, 비트, 방울다다기양배추 등이 올려진 접시가 순서대로 차려졌다. 우리가 추구하고픈 많은 생각이, 지키고자 하는 여러 삶이, 결국 먹고 사는 문제로 귀착되는 건 아닐까 싶었다.

자신을 지키며 엄마로 살아간다는 것

소폿행 기차는 한 량에 28좌석이 갖춰진 작은 열차다. 하여 군무를 추듯 까딱까딱 62킬로미터, 이미 저녁이 내린 소폿에 도착했을 땐 멀미가 날 지경이었다.

거리는 소슬비에 젖고 있었지만, 약 50미터 높이의 성 조지 성당의 탑을 발견하기란 어렵지 않았다. 이것은 100년도 지난 지금의 여행자에게 이정표가 되었다. 이를 끼고 우회전하면 몬테카시노 거리였고, 왕실의 휴양지답게 용도 다른 가게들을 지나 '삐뚤어진 집'을 지나 얼마 안 가면 위아래 기역 자 모양의 마리나 소폿이 나타날 것이다. 유럽에서 가장 길다는 이 목조 부두는 1987년과 1999년 소폿을 방문한 요한 바오로 2세 때문에 유명해졌다. 물론 나는 그 끝에서 일렁일 발트해를 만나러 왔다.

바다로 쭉 뻗은 부두의 하얀 데크 위에는 사람 대신 왕기러기와 잿빛 까마귀가 무리를 짓고 있었다. 나를 상관하지 않는 이들을 지나 부두의 끝까지 걸을 때, 비와 더불어 밤안개가 자욱했다.

참 멀리 돌아왔구나.

지금까지 무엇이 되고 싶었는지 오리무중이던 나는 먹고살아야 해서 그리해 놓고 기사단처럼 고상한 뭔가를 추구한다며 헤맨 것만 같다. 이제 돌아가면 되고픈 뭔가를 좇을 게 아니라 되어야 하는 삶에 나를 내어줄 참이다.

그런데 자라는 아이들의 한때를 지키겠다는 확고한 결심과는 달리, 회사 사물함 이름표를 뗄 순간을 떠올리면 썰물에 남은 빈 소라 껍데기처럼 쓸쓸해졌다. 과연 엄마로 살아가며 자신을 지키기란 불가능한 일일까.

회사 후배가 내 세대 행복 지참금처럼 여겼던 아이를 갖지 않겠다 선언할 때 차마 입을 뗄 수 없었다. 쌍둥이를 키우며 단절된 경력을 되살리기 어려웠고, 어렵사리 재취업할 땐 웬만한 욕심을 내려놓아야 했던 기억이 생생했던 까닭이다. 그리고 벌써 갱년기, 거짓말이면 좋겠지만 자신의 추구를 저버리지 않는 후배들에 비하자면 열정도 기회도 그 무엇보다 일에 대한 오롯한 마음이 예전만 할 수 없는 나이가 되었다. 여기저기 떠돌며 이후 삶을 지탱할 어떤 마음 하나 챙기자 스스로를 추궁했지만, 아무것도 그러쥐지 못했다.

툭, 하얀 다리가 끊어졌다. 자칫 한 발 내딛으면 하늘과 한 몸으로 시커먼 괴물이 된 밤의 발트해에 먹이가 될 터였다. '대륙의 끝'이란 단어가 갖는 마법에 이끌려 정성을 다하듯 뜸을 들여 다가왔는데, 여기에서라면 사라지는 나를 막아낼 비법을 구할 것만 같았는데, 막상 그 '끝'에 닿고 보니 하얀 다리를 삼켰듯 나를 해치울 것만 같아 뒷걸음질했다.

천천히 왔던 길로 돌아섰을 때, 하늘 높이 쌍둥이를 품었던 내 배처럼 둥글게 부푼 보름달이 바라다보였다. 당시의 자긍심이랄까 감사랄까, 형언할 수 없는 마음이 차올랐다. 이후 삶을 견인할 마음일지 어떨지, 두고 보기로 했다.

이완의 시간

폴란드 ✳ '바르샤바'에서의 사흘

가 뭄 의 끝 에 서

"한국인이세요?"

몸집 좋은 젊은이와, 아빠라기엔 젊은이와 전혀 닮은 데 없는 중년 남자에게 물었다.

"네!" / "네."

바르샤바 중앙역에서 문화과학궁전을 지나 분수대 건너편 상가 건물 내 숨바꼭질하듯 앉은 이 호스텔은 개업한 지 1년도 안 되는, 한국인 드문 곳. 비 내리는 거리를 달려 일찌감치 돌아온 이곳 휴게실에서 컵라면을 들고 왔다 갔다 하는 이들이 반갑고 궁금해 내처 합석했다. 여행하는 사이 많이 뻔뻔해졌다.

"두 분은 어떻게…?"

"오늘 여기서 만났어요, 댁처럼."

연장자인 분이 눈치껏 오해를 풀었다.

"그럼 오늘 바르샤바 도착이겠네요?"

"네!" / "네."

나도 그랬다. 아침부터 늦잠을 자는 바람에 조식을 거른 채 부랴부랴 그단스크 중앙역에 갔더니, 전날보다 웅성대는 아침 역사가 범상치 않았다. 전광판 예약 기차명 옆으로 알아볼 수 없는 글자가 떠 있어 옆 사람에게 물었더니 '지연'이랬다.

지난 드레스덴 사건이 떠올라 바짝 긴장했는데, 아니나 다를까 예약한 기차가 다시 1시간, 2시간 무한정 지연되더니 표는 무용지물이 됐다. 가까스로 바르샤바 가는 임시 기차표를 얻었고, 예정보다 늦게 바르샤바에 도착해 촌뜨기처럼 헤매다 이곳 호스텔을 간신히 찾아온 게 아주 오래전 일만 같았다.

"혼자 여행 다니세요? 어떠셨어요?"

서로 컵라면 하나씩을 앞에 두고 젓가락을 바삐 움직이며 물었다. 저녁을 먹었어도 라면은 공감각적으로 매혹적이었다.

"그럭저럭 다닐 만했어요. 그나저나 두 분은 한국에서 바르샤바로 곧장 오셨어요?"

"아뇨. 저는 블라디보스토크에서부터 출발해서 오늘로 8일째예요."

라면을 먹으며 답하느라 바쁜 청년은 미국 유학생이었다.

"사진학과를 졸업하긴 했는데, 요즘 이쪽으로 아마추어가 워

낙 많아 딱히 무얼 해야 할지 고민되더라고요. 그래서 여행을 나섰어요. 인생 길 찾기랄까요? 부모님께 손 벌리기 송구해서 망설이던 차에 아빠가 다녀오라 돈까지 쥐여 주시길래, 유럽 오는 제일 싼 표를 구해 떠나왔죠."

돌아가는 비행기는 오픈티켓, 부모님 주머니를 터는 입장이라 호스텔을 전전하며 한 끼만 제대로 먹자는 정신으로 세상 일주 나섰다는 청년은 정해지지 않은 미래에 불안해했다. 적어도 나보다 많은 기회가 있다고 위로해 줄까.

"그쪽도 혼자 여행 중이세요?"

연장자에게 물었다.

나와 동갑내기 아저씨는 브로츠와프의 한국 대기업 지사장을 지내다 최근 퇴직하셨는데, 지인들도 만날 겸 유럽연합 내 급성장하는 폴란드에서 신사업도 구상할 겸 자유 여행을 다닌다 했다. 크라쿠프 민박집 청년 사장이 폴란드의 가능성을 역설하며 미래를 펼칠 때 콧방귀를 뀌었는데, 술김에 떠벌린 소리는 아녔나 싶었다.

"폴란드는 몇 년 전 중국 같아요. 그곳을 3개월에 한 번씩 방문했는데, 갈 때마다 변화하는 속도에 깜짝깜짝 놀라곤 했거든요? 지금 여기가 딱 그래요."

나도 이곳 호스텔 매니저의 태도에 적잖이 놀랐다. 여태껏 지나온 여느 도시, 여느 숙소의 매니저보다 노련했기 때문이다.

호스텔에 도착하여 이곳을 찾느라 애먹었다 입을 뗐을 때,

"대신 조용하잖아. (그러니 입 닥치고) 4박 이상이면 빨래가 무

료지만 안타깝게도 당신은 이에 해당되지 않아. 여기 열쇠, 캐리어는 들어줄 테니 (잠자코) 기다려."

그녀가 누군가에게 전화를 거는 사이 리셉션 층에 함께 꾸려진 휴게실을 둘러봤다. 신축 호스텔답게 게스트용 컴퓨터도 신형, 이름을 써놓은 음식물은 퇴실 후 바로 버려져 냉장고도 거의 새것, 식기세척기 설치된 개수대도 깔끔한 새것이었다.

그리고 시내 갔다 돌아오던 길, 어느 건물 꼭대기에 빛나던 코카콜라와 맥도널드의 빨간 네온사인을 봤다. 그건 바르샤바가 어느 모로 보나 자본주의를 맘먹었다는 시그널이었다.

"어떻게 여행 오셨어요?"

한낮의 일을 돌이켜 생각하던 내게, 한국인 연장자가 물었다.

"저, 저요?"

뭐라 답해야 할지, 어디까지 솔직해야 할지.

"회사 안식년이라…."

두 사람한테 꼬치꼬치 물어놓고 막상 수건돌리기 술래가 되고 보니 말문이 막혔다. 여행의 처음을 있는 그대로 말할 수도 없고, 어떻게 혹은 왜 여행을 떠났는지 잠깐 난감해졌다. 쫓기다시피 떠나왔을 뿐, 나는 여행의 처음에서 한 치도 나아가지 못한 건가.

이날 국립박물관 외 다닌 곳도 없으면서 단체 수학여행객에 뒤섞여 피곤하다며 급히 방으로 올라왔다. 돌아갈 때가 되고도 충분히 쉰 것 같지 않고, 손아귀 꽉 자게 움켜쥔 마음도 없고…. 비는 내렸지만 해갈하기엔 충분치 않은, 가뭄의 끝만 같았다.

격이 있는 삶을 배우며

"마담, 다음 정류장에서 내리세요."

트램 손잡이를 붙들고 휘청대는 동양인에게 갈 길을 알려 주던 할아버지는 영어가 유창했다. 그는 와지엔키 공원도 좋지만 쇼팽박물관을 꼭 다녀가라며, 바르샤바에 왔으니 음악회 관람이 필수라고 말했다.

그는 그날 저녁 당신 친구가 피아니스트를 지내는 바르샤바 국립 필하모니 공연을 소개했다. 그리고 공연장 위치를 내가 갖고 있던 지도에 표시해 주셨다. 저녁 무렵 공연에 벌써부터 신나 있던 할아버지, 흰머리 희끗하도록 뭔가를 즐길 줄 아는 저분처럼 살아가도 괜찮겠다.

가는 날이 장날이라고, 와지엔키 공원 내 미술관은 오후에 개장한댔다. 때이르게 도착한 나를 앞질러 체험 학습을 온 듯한 어린 학생들이 영화관으로 왁자하게 들어갔다. 하는 수없이 공원을 산책하고 식물원을 지나 주말에나 야외 공연이 있다는 쇼팽 동상을 마주하고 섰을 때, 꽃을 든 아저씨가 시간을 물어왔다. 초조한 그는 아닌 게 아니라 5분이 멀다 하고 행인마다 시간을 묻고 쇼팽 동상 앞을 왔다 갔다 했다.

기다리는 사람 오지 않던 공원은 가을마저 떠나버려 휑뎅그렁했고, 쇼팽의 피아노 소곡을 기대하며 누른 벤치 부저는 고장 나 쉿소리만 났다. 직진해 당도한 빌라노프궁은 철통 방어 중, 철문이 열리는가 싶더니 완장 찬 기자단이 무더기로 쏟아졌다. 카메라 기자 아무에게나 물었더니 그날은 국가적인 중요한 행사가 있어 빌라노프궁은 일반인에게 개방되지 않을 거랬다.

부지기수 어긋나던 오전을 보내고, 소장곡이 총 300여 곡에 이른다는 쇼팽 박물관에 당도했다. 유리관에 앉아 이어폰을 끼거나 전자 악보 책을 넘기면 금세 기분이 좋아지던 곳. 입장할 때 보았던 동양인 할머니가 그곳을 나오던 나에게 말을 건넸다.

"니혼진데스까(일본인입니까)?"

"이이에, 강꼬꾸진데스(아뇨, 한국인인데요)."

몇 개월 배운 일어이지만, 여행지 요모조모 쓸 데가 많다.

"혹시 음악 관련한 일을 하세요?"

곡을 들을 때, 피아노 앞에 섰을 때, 가만있지 못하던 할머니 손가락을 봤기에 여쭸다.

"호호, 전 음악을 엄청 좋아할 뿐예요. 딸아이를 보러 왔다 함께 여행 다녔는데, 오늘 걔가 떠났네요."

따님은 자신의 또 어린 딸아이 때문에 급히 파리로 돌아갔단다. 적적해진 일본 할머니는 어릴 적 피아노를 배울 때 자주 연주했던 쇼팽의 곡을 감상하러 이곳에 들렀다 했다.

"(그쪽 한국 아줌마는) 피아노를 칠 줄 아세요?"

이리 갑자기 물으신다면….

"아뇨. 피리는 잘 불어요."

어쩌다 계속 같은 방향으로 걷고 있던 할머니에게 머쓱하게 답했다.

“전 요즘 다시 피아노를 배운답니다. 치매 예방에 아주 좋아요. 한번 배워보세요. 음악이 우리 삶을 얼마나 우아하게 만드는지 몰라요.”

마침 일본 할머니가 점찍어 둔 일식집이 있다 했고, 허기지면 손발이 떨리는 나이라 마다하지 않았다. 덕분에 초밥도 맛있게, 미소 된장국도 맛나게 먹었다. 정작 당신은 일본만 못하다며 많이 드시지 않았지만.

돌아가면 당신의 치매 걸린 어머니를 뵈러 요양원부터 가야 한다는 일본 할머니는 피아노를 꼭 배우라 또 한 번 권하셨다. 흰머리가 제법이셨지만 열심을 다하는 일이 있다는 게 보기 좋았다. 이 분처럼 살아도 괜찮겠다.

여행의 마지막 밤, 따뜻한 사람을 만나다

폴린 유대인 역사박물관에 도착했다. 앞서 일본 할머니가 동행하자면 어쩌나 걱정했지만 괜한 짓이었다. 한숨 자고 그리 가겠다며 그녀는 당신 숙소로 떠나가셨다. 그녀 개인이야 잘못이 없겠지만, 엄연히 일본도 제2차 세계대전 당시 우리나라를 유린했던 제국주의 전쟁의 장본인이다. 그곳에 전시된 홀로코스트 현장을 함께 둘러볼 엄두가 나지 않는 건 그녀도 마찬가지였겠다.

바르샤바 게토 지역에 세워진 그 박물관에는 아브라함으로부터 지금까지 유대 1,000년의 삶이 펼쳐져 있었다. 나는 그곳에서 좀처럼 마주하기 힘겹던 20세기 진실까지를 긴박하게 쫓아다녔다.

전시실 밖으로 나오자, 제복의 경호원들이 수선을 피웠다. 폴란드 대통령이 이곳 개관 기념 행사에 참여하기 때문이랬다. 아침나절 빌라노프궁에서의 문전 박대가 이해되는 순간이었다. 오래전 도시가 침묵했듯 내 입도 무거워졌다. 나치에 의해 학살당한 바르샤바 유대인만 36만 명, 그들을 기리기엔 지나치게 시끄러웠다.

"레이디스, 젠틀맨!"

18시 정각, 이번엔 스무 명 내외 객석이 자리한 작은 음악회장이다. 잠코비 광장 뒷골목으로 잡아끄는 손을 따라 순식간에 '타임 투 쇼팽'으로 이동했다.

보타이에 슈트 멋진 노신사는 이곳 쇼팽의 도시에 온 여행자들에게 정중히 인사했다. 뒤이어 진분홍 구두에 울트라마린 블루 드레스 차림의 피아니스트가 피아노 앞에서 우아하게 인사했다.

그녀가 선택한 묵직한 첫 음은 쇼팽의 '발라드 1번'. 처음 공항에서 만났던 이탈리아행 친구와 자그레브행 친구부터 이날 쇼팽 박물관에서 만난 할머니까지 숱한 사람들이 제각각의 이유로 나름의 길을 떠났던 걸 떠올렸다. 사람들은 제각각 부피 다른 결핍과 고만고만한 희망을 품고 살아간다. 때로는 슬프고 화나는 일도 있지만 즐겁고 감미로운 인생, 나쁜 일은 지나가는 소나기라고 생각해야겠다.

녹턴이 지나가고 왈츠 몇 곡이 흘렀다. 무어라도 되어보지 못한 채 어영부영 살아온 반백 살, 과거를 돌아보면 많이 늙었다 싶다가도 앞을 내다보면 아직 한창인 나이. 이번 여행에서 찾아온 몇몇 생각을 배반하지 않는 한, 별 볼일 없는 삶일지라도 온전히 살아지겠지.

막간, 준비된 음료와 술을 마시며 그 자리에 우연히 함께한 한국인들과 저녁을 약속했다. 그들은 몰랐겠지만, 내 여행의 마지막 만찬이 될 터였다. 그리고 다시 피아니스트의 건반을 좇아 마주르카, 파리로 망명한 쇼팽이 사랑했던 폴란드의 전통 춤곡에 홍겨워져 발가락 장단을 맞추었다.

돌아보면 앞날에 대한 뚜렷한 약속 하나 품지 못했지만, 집으로 향하는 조약돌 몇몇은 움켜쥐었으니 괜찮은 여행이었다. 까짓것, 마음먹지 않고 살아가면 또 어떤가. 사는 동안 너무 힘이 들어간다 싶으면 은근슬쩍, 손아귀를 벗어난 요요처럼 먼 길 떠나야지. 뭐, 그게 소용없다 해도 삶은 경쾌한 속도로 흘러갈 테고, 어지간히 흐르다 보면 저무는 강에 닿겠지.

쇼팽의 폴로네즈 제6번 '영웅'을 끝으로 작은 음악회는 막을 내렸다. 비록 필하모니 오케스트라와 함께한 건 아니었지만, 이 작은 음악회를 위해 홀로 마음을 다해 준비했을 피아니스트에게 갈채가 쏟아졌다. 이는 그들과 나의 고독하지만 끝까지 경주해야 할, 인생이란 저마다의 여행에 대한 응원이기도 했다.

문득 여행하는 사이 내 안에 따뜻한 사람이 회복된 게 느껴졌다. 조임과 긴장의 연속인 일상에서 벌려진 칼처럼 날카롭던 자신을 이완시키는 여행의 마법이었다. 비로소 한 달간 이별을 끝내고, 나머지 삶을 마주할 배짱이 생겼다.

나를 기다리며 아이들이 쓴 편지.

하얀 조약돌이 놓인 길 끝에서 가족을 만났다.

오십 즈음____이완의 시간

실패를 떠나보내고 다시 행복해지기

ⓒ 이유진

초판 발행 2022년 6월 15일

지은이 이유진
편집 박은정
디자인 와이겔리

펴낸곳 도마뱀출판사
펴낸이 조동욱
등록 제2007-000083호
주소 03057 서울시 종로구 계동2길 17-13(계동)
전화 (02) 744-8846
팩스 (02) 744-8847
이메일 aurmi@hanmail.net
블로그 http://blog.naver.com/ybooks
인스타그램 @domabaembooks

ISBN 979-11-975351-3-0 03810

* 책값은 뒤표지에 있습니다.
* 잘못 만들어진 책은 바꿔 드립니다.